KB088740

# 맨발의 겐 7

역자 **김송이**

1946년 일본 오사카에서 태어난 재일 한국인 2세. 중학교까지 일본 학교를 다니다가 고등학교와 대학교에서 민족교육을 받았다. 졸업 후 모교인 조선고등학교에서 1996년까지 교편을 잡았고, 현재 통역과 번역을 하면서 도오시샤대학을 비롯한 일본 학교에서 강사로 일한다.

역자 **익선**

경주에서 자라 원광대학교 원불교학과에 입학했다. 원불교 교무로 활동하다가 교토 불교대학 박사과정에 입학, 동아시아 불교의 정체성에 대해 연구했다.

**맨발의 겐 7**

나카자와 케이지 지음 · 김송이, 익선 옮김

**1판 1쇄 펴낸날** 2002년 6월 20일 | **1판 17쇄 펴낸날** 2022년 1월 17일 | **펴낸이** 이충호 조경숙 | **펴낸곳** 길벗어린이(주)
**등록번호** 제10-1227호 | **등록일자** 1995년 11월 6일 | **주소** 04000 서울시 마포구 월드컵북로 45 에스디타워비엔씨 2F
**대표전화** 02-6353-3700 | **팩스** 02-6353-3702 | **홈페이지** www.gilbutkid.co.kr
**편집** 송지현 임하나 이현성 황설경 김지원 | **디자인** 김연수 송윤정
**마케팅** 호종민 김서연 황혜민 이가윤 강경선 | **총무·제작** 최유리 임희영 박새별 이승윤
**ISBN** 978-89-5582-509-1 04830, 978-89-5582-507-7(세트)

Barefoot GEN copyright © 1975 by Keiji Nakazawa
Korean translation copyright © 2000 by Arumdri Media Co.
Korean translation rights arranged with Keiji Nakazawa.

**아름드리미디어**는 길벗어린이(주)의 청소년·단행본 브랜드입니다.

# 맨발의 겐 7

나카자와 케이지 글 · 그림

김송이 · 익선 옮김

아름드리미디어

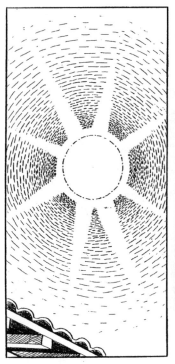

크아
하하.

주먹밥,
멋있지?

응,
너무
좋아.

형, 어때!
멋져 보이지?

으응.

가추코, 고마워.
밤새워 내 옷을
만들다니…

잘 입을게.
오래 오래…

형, 왜 그래?
아까부터 심각한
얼굴인데?

아저씨가 쓴
소설을 책으로
낼 수 없을까 하고
생각 중이야.

뭐야,
그런
일을
갖고.

임마,
그런 일이
라니!

내가 히로시마에 있는
인쇄소란 인쇄소는 다
찾아다니며 부탁해
봤지만 거절만
당했어.

빨리 책으로 내지 않으
면, 그 전에 아저씨가
돌아가실지도 몰라.

에헤헤헤,
형, 걱정 마.

책으로 낼 수
있는 곳이 있어.

류타,
그곳이
어디냐구?

뭐라
구?

그게
어디야?

류타, 우리 어디까지 가는 거야?

가만히 따라만 와.

너, 아저씨 원고를 책으로 만들 수 있는 곳이 있다고 했는데, 그곳이 어디야?

이히히히, 여기야.

뭐라구?

여긴 형무소 아냐?

그— 으래.

바보야, 이런 데서 어떻게 책을 만들어?

크아하하, 형은 세상물정에 어둡다니까.

형무소 안에는 어떤 직업이건 다 있어.

별의별 직업을 가진 범죄자들이 다 있다니까.

게다가 범죄자들의 갱생을 돕기 위해

기술을 가르쳐서 일을 시키니까 싼 비용으로 해주거든.

흐음, 그랬구나! 몰랐어.

하앗하하, 내가 소년원에서 알게 된 지식이랄까.

어때? 내 머리 잘 돌아가지?

사람은 살아 있을 때 머리를 써야 하는 거야, 알았어? 형?

임마, 꼴값 떨지 마.

형, 빨리 가서 책으로 만들어 달라고 부탁해.

그래, 알았어.

7

난 탈옥한 사람이라 들키면 큰일나니까 여기서 기다릴게.

아아, 불쌍하구나, 인생의 뒷골목신세,

태양이 내리쬐는 큰길을 보란 듯이 못 걷는 서글픈 이 신세.

이게 다 전쟁 탓이고 비가 탓이라.

이제 와서 원망한들 모두 다 부질없는 일이니, 가슴에 한만 맺히는구나~~ 아싸~~

자식, 놀고 있네~

에헴, 여보세요, 여보세요~

문 좀 열어주세요~

웬 녀석이 온 거야?

아저씨, 안으로 들어가게 문 좀 열어주세요.

꼬맹아, 형무소에 들어오겠다니 무슨 나쁜 일이라도 저질렀냐?

나 원 참, 내 얼굴이 나쁜 일 하게 생겼어요?

일을 부탁하러 왔어요.

점잖으신 분께서 사람 마음에 상처 주는 말씀을 하시네요.

어허, 화내지 마.

여기 온 목적이랑 주소, 이름을 적어서 접수를 하거라.

네에.

아저씨, 조금만 더 견뎌주세요.

아저씨 소설을 책으로 꼭 만들 테니까요.

여기—
형—
어땠어?

안 됐어.

뭐?
안 됐다
고?

인쇄는 해줄
수 있는데
종이가 없대.

그럼 종이만 준비
하면 책으로
만들어준대?

그래. 근데 어렵잖아.
지금 같은 세상에 어디
가서 종이를 찾냐?

암거래로
구할 수밖에
없어.

그러려면 돈이
많이 필요한데…
우리에게 그건
무리야.

종이만
있으면
되는데.

에잇, 어디에서
든 훔치는 수밖
에 없군.

류타야, 어쨌든
돈을 많이 벌어
야 돼.

그러게 말야.
좋은 수가
없을까?

앗?

류타, 저거 사람 아냐?

불쌍하게도 영양 실조로 죽었거나 기운을 잃고 쓰러진 거 아닐까?

아앗?

저 녀석 은?

늘보—
어떻게 된
거야?

늘보야,
정신차렷.

온통 상처
투성이야,
너무 심해.

늘보야,
어떻게 된
거야?
도대체 왜
이래?

이미
죽은 거
아냐?

아냐, 살아
있어. 심장이
움직여.

류타, 빨리
병원에
데려가자.

거봐, 내가 뭐랬어.
살인은 못하게
하라고 했잖아.

이 바보가
거꾸로 당한
거야.

복수는커녕 되려 당한 거라구!

류타야, 네가 잘못한 거야. 살인하겠다는 걸 말렸어야지.

흑흑흑, 늘보야, 정신차려. 눈 떠봐.

으으으,

아아, 정신이 드나 봐.

늘보, 알겠어? 나야. 류타야.

류, 류타…

으으윽, 난 정말 얼간이야. 분해. 너무 분해.

도대체 어떻게 된 거야?

하악 하악.

원통해. 그 원수 같은 삼촌을 꼭 죽일 수 있었는데…

누,
누구
앗!

……
……

너…넌 소년원에
있어야 할 늘보
아냐?

삼촌,
탈옥해서
왔어요.

삼촌이
내 동생을
죽였잖아요!

게다가 날
소년원에 처넣
었구요!

우리 재산을 가로채서는
떵떵거리며 잘도 살고
있군요.

난 용서
할 수
없어.

이… 녀석이 지금 무슨 소리하는 거야?

나쁜 놈, 죽어랏.

푹

으악

ㅎㅎㅎ, 난 매일 삼촌 죽일 생각만 하면서 살아왔어.

뭐, 뭐 라구?

삼촌같이 나쁜 놈은 죽어야 해.

히익.

죽엇!

꺄악.

정신이 나갔구나. 얘, 늘보야. 그만, 그만해

시끄러.

내가 삼촌 땜에 얼마나 고생했는지 알기나 해? 죽어도 용서할 수 없어.

15

자, 잠깐.

난 네가 생각하는 그런 나쁜 삼촌이 절대 아니야. 오해하지 마.

그 증거를 보여줄게. 네 장래를 생각해서 간수해둔 물건이 있단다.

그게 뭐야?

허억 허억.

하여튼 그걸 보면 내 마음을 알 수 있을 거다.

마당의 창고 안을 좀 보렴.

이게 열쇠야. 빨리 열어 보렴.

찰깍

끼익

까아아악

16

으~
아악~

다로오, 그
놈을 먹어
치워.

갈기갈기
물어뜯어!

으악—
살려줘—

으악—
아파—
아파—

빌어먹을,
삼촌한테
속았어—

에잇!

카오-ㅇ

다,
다로
오,

깨깨깨깨
갱갱갱갱

끄으
으

으으윽, 똥개새끼,
이대로 쉽게 죽을
줄 알아?

하악
하악.

흐으윽, 류타야, 난 정말 바보 멍청이야. 간교한 삼촌한테 완전히 당했어.

너무 억울해.

그랬구나… 네 삼촌은 진짜 양심이 썩어문드러진 인간이야.

정말 너무해. 피를 나눈 친척인데도 서로 죽이려 들다니.

전쟁이나 비까가 아니었다면 너희네도 서로 미워할 일이 없었을 텐데…

하악 하악.

류타, 아파— 아파—

……
……

늘보야, 내가 가만두지 않겠어. 네 원수는 내가 바로 갚아줄게.

나도 용서할 수 없어. 비까로 고생하는 사람을 이용해먹다니…

헤헤헤,
안녕하
세요.

무슨
일이야?
너희들은.

에헤헤헤, 수고가
많으십니다. 장례식
비용 50만원을 받으
러 왔습니다.

너희들 돈
거 아냐?

에헤헤헤, 전 제가
생각해도 머리가
좋습니다요.

멍텅구리들아, 뭐 땜에 내가
그렇게 큰돈을 장례비로 너희
한테 줘야 한단 말이냐.

도대체
누가 죽
었단 말
이야?

네네, 잘 보
세요. 이 녀
석입니다.

21

불쌍하게도. 고통스러워하면서 어제 숨졌어요

으잉?

이놈들아, 내가 이런 젊은 놈을 어떻게 알아?

돌아가. 꺼져.

우리도 그냥 돌아가기가 곤란합니다.

이 자식이 죽기 전에 부탁했거든요.

자기가 죽으면 여기에 끌고 와서

장례식을 화려하게 치러 달라고요.

안 그러면 자기는 죽어도 눈을 감을 수 없다고요.

아저씨는 얘랑 잘 아는 사이가 맞죠?

알긴 뭘 알아?

내가 이런 놈을 알 리가 있겠어?

가— 돌아가!

얼른 꺼져!

못 살게 괴롭히더니 끝내는 개를 풀어 이렇게 물어 뜯게 했다고 죽어가면서 말했어요.

이상하네요. 이 애는 아저씨한테 재산을 몽땅 빼앗기고 게다가 여동생마저 아저씨 손에 죽고 자기도 소년원으로 보내졌다던데…

……

아저씨는 아주 나쁜 사람이니까 그 죄값으로 장례비 50만원을 내는 게 당연하다면서…

이 멍청이들아— 내가 이런 놈 모른다면 그런 줄 알아야지!

어쨌든 장례비를 못 준다는 거죠?

누가 이런 미친놈한테 50만원이나 줘?

아저씨, 천벌 받아도 후회 마세요.

무서우실 텐데요~ 아이고 무서워라~

말도 안 되는 소리를 계속 지껄이면 경찰을 부를 테다.

좋아요, 좋아. 그렇게 해 보시죠.

경찰이 와서 조사 하게 되면 오히려 아저씨가 곤란해 지지 않겠어요?

이제까지 나쁜 짓 한 게 다 들통날 텐데요.

......

......

히히 히히.

닥쳐. 내가 나쁜 짓을 했다는 증거가 어딨어?

얼른 꺼져.

미친놈들아! 어디서 이따위 시체를 끌고 와서 억지를 부려?!

재수없는 소리 맛!

앗.

늘보!

으으
으…

아니
?

느…늘보, 네놈이
살아 있었잖아?

당연하지.
절대로 죽을
수가 없어.

겐 말대로 삼촌이 순순히
반성하고 장례비용을
내면 용서할 생각이었어.

근데 틀렸어.
더는 용서할 수
없어.

삼촌 같은 악한
놈은 죽어야 해.

하아
하아,

으으
으─

형, 이젠 사람 취급할 필요가
없어. 말해서 들을 놈이 아냐.

그래.

이렇게 탐욕
스런 놈은

그에 맞게
처리해야 돼.

네놈들이 날 어떻게 하겠다는 거야?

늘보가 당한 것처럼 너도 당해봐야 해.

이…이 새끼들…

크르렁

나한테 손가락 하나라도 까닥해 봐라.

이 녀석한테 물어뜯겨 죽을 테니…

흥, 잘하는군. 어디 해보시지.

다로오, 가!

저 녀석들을 물어뜯어.

크엉

이 개새끼.

깨갱

우릴 얕보지 마. 단련된 수준이 다르니까 말야.

이리 왓. 자아, 이리 와봐. 샤브 샤브 고기로 만들어 줄 테니까.

크르렁

다로오, 빨리 죽여.

이 똥개새끼가 겁대가리 없이 늘보한테 덤볐지!

27

아저씨, 우릴 갈보면 큰코 다쳐.

이건 양키놈들이 술값 대신 맡긴 권총인데 말씀야, 우리한텐 이게 있단 말야.

아이고— 우리 다로오 야—

으악— 다로오—

네놈은 개가 죽었다고 울면서 어째서 피를 나눈 늘보는 도와주지 못하는 거냐? 사람보다 개가 중요해?

자아, 이번엔 네놈 머리 속에 총알을 처박아주마. 각오해.

각오
해—

으악—
잠깐만—
기다려—

내…내가
잘못했어.

늘보한테 뺏은
재산은 돌려
줄게.

어떤
벌이든
받을 테니

쏘지 마.
제발, 제발
부탁이야.

이놈아, 처음
부터 그렇게
말했으면
좋잖아.

죽은 뒤에도
계속 재산을
갖고 갈 생각
이었냐?

이승에서 번 건 이승에 주고 태어
났을 때처럼 알몸으로 죽는 거야!
그게 인생이야!

알아들어?
이 탐욕스
런 놈아!

탁

크아하하, 나도 꽤
멋진 말을 하네~
기똥차지?

늘보야, 어떻게
할까? 역시
죽일까?

흐-
익

늘보야, 삼촌이 잘못했다. 용서해줘~~ 부탁이야~~ 제발~~

네 재산을 뺏은 것도

널 못 살게 굴은 것도 다 나라에 속아만 왔기 때문이야.

나라에 속았다구요?

그게 무슨 말이죠?

우리가 하는 일이 일본의 번영과 일본인의 행복을 위한 거라고 믿었어. 그 어떤 고생도 마다 않고 어금니를 깨물며 기나긴 15년간 전쟁에 협력했어.

내 아까운 청춘도 다 바쳐 싸웠단 말야.

영원한 일본제국은 신인 천황폐하께서 지켜주시니

일본이 전쟁에서 지는 일은 절대 없을 거라고 믿고 싸웠어.

몰아내자. 미국영국을!

1억의 포화로

그랬는데 엉망이 됐어.

일본 땅은 잿더미가 되고

히로시마, 나가사키는 비까로 눈 깜빡할 새에 도시가 송두리째 사라지고 수백만 명의 사람들이 죽었어. 결국 일본은 항복했고…

여태껏 일본을 지키는 신이라던 천황은

언제 그랬냐는 듯이 어느새 인간으로 변신해서 나 몰라라 하고. 철면피 같은 인간이야.

내가 뭐 땜에 모든 걸 다 바쳐 필사적으로 싸웠겠어? 그게 다 나라를 위해서였다구!

내가 속았다고 깨달았을 땐 모든 것이 끝나버린 거야.

그후 난 권력자 놈들 말은 절대로 안 믿을 거라고…

사람은 믿지 않겠다고 결심했어.

믿을 수 있는 건 오직 자기 자신과 돈과 재산뿐이야.

그래서 네가 어떻게 돼든 상관없이

내 재산을 늘리는 데만 혈안이 됐던 거야.

늘보야, 네 억울함을 나한테 풀지 말고 우리를 속여 전쟁을 일으킨 놈들에게 해주렴~~

내 마음을 썩게 만든 놈들에게 말야.

부탁이야. 날 죽이지 말아 다오~~

난 전쟁으로 잃어버린 청춘을 되돌리고 싶어.

아직 죽을 순 없어. 제발 부탁한다.

……
……

아저씨도 전쟁으로 불구가 된 셈이군요.

……
……

늘보야, 네 억울한 심정은 아는데,

삼촌을 용서해주자. 난 너희 삼촌을 더 이상 미워하지 못하겠어.

진짜 죽어야 마땅한 놈들은 아직도 전쟁을 일으키려고 하는 놈들이잖아.

늘보야, 뒤를 보고 살지 말고 항상 앞을 향해서 전진하자.

이런 아저씨를 죽여도 아무 득이 없잖아.

늘보야, 우리랑 같이 힘을 합쳐서 살자.

아…알았어…겐.

그래!

됐어. 아저씨, 목숨은 살려 주겠어.

고…고마워.

얼른 늘보한테서 뺏은 재산을 다 돌려줘.

그러마.

33

이봐, 또 우리를 속였다간 그땐 끝장이야.

아... 알았어. 알았어.

전쟁 중에 근근히 저금했던 돈은 전쟁에 지고 나서 한낱 종이조각이 돼버렸거든. 일본 돈은 믿을 수 없어.

으음, 그랬군요.

전쟁은 모든 걸 완전히 파괴해 버리니까요.

얼레? 지폐뭉치인 줄 알았더니 금덩어리잖아!

이게 늘보 재산이야. 가져 가.

50만원은 될 거야.

크아하하, 50만원이래. 굉장해.

늘보, 너, 큰 부자가 됐네.

34

이봐, 너희들 두 번 다시 여기 오지 맛.

칫, 와 달래도 이런 집엔 안 와. 구두쇠 영감아!

쫄쫄 굶어가며 잔뜩 저금해놓고 지옥에나 떨어질 바보, 멍텅구리.

겐, 류타, 이 돈은 우리 셋 거야.

너희들이 도와줘서 이 돈을 찾을 수 있었어.

늘보야, 진심으로 하는 말이야?

그렇구 말구.

크아하하하, 이 돈이면 암거래로 종이를 살 수 있어.

형, 잘됐네.

아저씨, 기뻐하세요. 아저씨 소설을 책으로 만들 수 있게 됐어요.

감감 감자 고구마 꼬챙이에 끼워~

야호— 야호—

하악
하악.

하악
하악.

하악
하악.

······

······

······

······

아저씨가 괴로워
하시는데 어떻게
하지?

비까 독이
온몸에 퍼져
있는 모양
이야.

아빠, 정신차
려요. 죽으면
안 돼요…

이것 봐요. 아빠 소설을 출판할 수 있는 돈이에요. 늘보 덕분에 마련했어요. 이것 좀 보라니까요.

하악 하악,

이거요.

류타야, 빨리 책을 만들어야겠어.

이 상태라면 완성하기도 전에 아저씨가 돌아가실 거야. 기뻐하시지도 못하고 말야.

근데 중요한 건 종이를 어떻게 암거래로 구하지?

그게 문제야.

어쨌든 종이가 해결돼야 할 텐데.

……
……

그래, 있다! 있어!

부탁할 만한 데가 있어.

어딘데?

날 따라와.

지금 영화관 태양관에서는
구로사와 아끼라 감독의 걸작,
<술고래 천사>를 상영 중입니다.
어서 오셔서 관람하시기
바랍니다… 띠리리~~

여기는 타향만리~~
멀고 먼 만주 땅,
붉은 석양 아래서…

우리들은 조국을 위해 목숨
걸고 싸우다가 이렇게 병신
이 되어 돈도 벌지 못하고
어렵게 살고 있습니다.

제발 우리 상이군인
이 다시 살 수 있는
구호금을 부탁드립
니다.

아아 그 얼굴~ 그 목소리…
공훈세우라고 부탁하던
아내와 아이가 힘차게
흔들던 그 깃발~~~

문화냄비

정육점

형, 대체 어디서
종이를 구한단
거야?

나한테
맡기라니
니까.

난 이런 데 돌아다니면
안 돼. 탈옥한 몸이라 경찰
한테 들키면 끝장이야.

게다가 우치야마
파한테 잡히면
죽는다구.

도박장을
털었으니
말야.

아~ 그렇지.
알았어. 이제
다 왔어.

복식당

○○ 상점

20원

15원

넌 누구
냐?

헤헤헤,
안녕하세요—
박씨 아저씨
계세요?

바로
여기야.

생긋
생긋

사장님—
웬 어수룩하고
바보 같은 애가
찾아왔는데요—

뭐라
구?

제길, 마음에
안 드는 말만
골라 하네.

낄낄
낄.

나한테
무슨 용무
로?

아니?
넌?

게, 겐! 나카오카 겐이구나!

에헤헤헤, 아저씨, 안녕하세요?

진짜 오랜만이구나.

아저씨, 부탁이 있어서 찾아왔어요.

잘 왔다. 잘 왔어.

너희들이 어떻게 지내는지 궁금했지만 너무 바빠서 말야…

넌 그렇게 목석처럼 서 있지만 말고 빨리 손님 대접할 상 차려와. 나한테는 귀한 손님이니까.

네―에.

저게!

겐, 어머님은 건강하시냐?

……

왜 그래? 무슨 일 있니?

엄만 입원해 계셔요…

매일 병원 침대에 누워 괴로워하시는데 약도 별 효과가 없고 낫질 않아요.

난 비까가 너무너무 미워요. 우리 엄마를 괴롭혀서…

게다가 고오지 형은 큐슈 탄광으로 일하러 가서 아직 안 돌아왔고요.

지금은 아끼라 형하고 둘이서 살고 있어요.

그래, 고생이 많구나.

왜 일찍 나한테 의논하러 오지 그랬니? 성의껏 도울 텐데 말야.

이 암시장에선 내 이름이 좀 알려져 있어.

가게도 이만큼 커졌고.

아저씨, 전 남에게 의존해서는 안 된다고 다짐했어요.

힘들더라도 자기 힘으로 해결해야 한다고요.

비까로 돌아가신 아빠하고 약속했어요…

밟혀도 밟혀도 꿋꿋이 자라서 열매를 맺는 보리처럼 살겠다고요…

전 포기하지 않을 거예요.

좋은 말이구나. 항상 그런 마음을 잊어선 안 돼…

여기 가져 왔습니다.

오냐.

어서 많이 먹어라.

이야아— 드디어 왔다— 내가 먼저 먹을게요.

근데 나한테 부탁할 일이 뭐지?

네, 실은.

으음… 원폭의 공포를 나타낸 소설을 책으로 묶고 싶으니

나한테 암거래로 종이를 마련해달라구…

네.

돈은 여기 있어요.

돈은 괜찮아.

그 돈은 너희들이 필요할 때 쓰도록 해.

그래도 늘 아저씨께 폐만 끼칠 순 없죠.

겐, 종이는 암거래로 내가 꼭 구할 테니 걱정 마.

진짜예요? 아저씨?

원폭을 알리는 책이라면

내가 기꺼이 종이를 장만하지.

너희가 하려는 일은 우리도 꼭 해야 할 일이야.

우리 조선인들은 원폭으로 이중의 고통을 겪고 있거든.

그런 사실을 전 일본에 널리 알려야 해.

겐, 우리 조선인은 나라를 일본에 빼앗기고

죽을 수도 살 수도 없는 쓰라린 운명을 강요당했어…

참다못해 저항하면 일본 군대와 경찰한테 탄압 받고 살해당하고…

우리나라에 있는 철이나 동은 물론이고, 죽도록 고생해서 농사지은 쌀이나 보리 등도 몽땅 빼앗겨서

우리가 농사지은 곡식도 못 먹고 굶주렸단다.

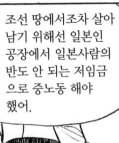

조선 땅에서조차 살아 남기 위해선 일본인 공장에서 일본사람의 반도 안 되는 저임금 으로 중노동 해야 했어.

이름도 뺏기고 일본 이름으로 바꾸도록 강요 당하고 말야.

그것도 모자라서 일본의 탄광이나 공장, 공사장에 강제로 끌려 와서는 위험하고 더럽고 힘이 드는 일로 내몰리며 혹독하게 착취당한 거야.

견디지 못하 고 도망가면

붙잡혀서 물매를 맞다가 많은 사람 들이 죽었어.

징용으로 끌려와서도 전쟁터로 보내져서 많은 조선인이 전사 했어.

일본 때문에 우리 조선 인은 오랜 세월 동안 고통을 겪은 거야.

게다가 원폭으로 인해 이중으로 극심한 고통 속에서 살고 있단다.

히로시마하고 나가사키에 떨어진 원폭으로 오만 명이나 되는 조선 사람이 희생됐어.

일본으로 강제로 끌려 와서 말야.

일본의 패전으로 드디어 자유의 몸이 된 살아남은 사람은 조국을 향해 귀국 길에 올랐는데

중간에 태풍을 만나서…
그리운 부모, 형제, 처자식들을 만나리라는 희망에 부풀어 배를 탔는데 조국 땅을 밟아보지도 못하고…
많은 조선인이 깊고 깊은 바다 속으로 사라져버렸어.

더욱 억울한 건 조국에 돌아갔어도 원폭으로 화상 입거나 전쟁터에서 불구가 된 사람들이 아무런 치료도 못 받고 계속 고통을 받고 있는 거야. 그 수가 삼만이나 돼.

겐, 원폭으로 괴로워하는 건 결코 일본사람만이 아니란다.

그런 우리 조선인에게 일본사람들이 해준 게 뭐가 있냐, 이거야.

아무것도 없어.

어째서 일본은 도와줄 생각을 안 하느냐구!

이래선 조선인과 일본인은 참된 친구가 될 수 없어.

증오심만 더 커져서 더 큰 증오를 불러올 뿐이라구.

겐… 너무 한스럽구나…

하긴 같은 일본인인 너희들조차도 거들떠보지 않으니.

……

……

아저씨, 미국은 진짜 무서운 폭탄을 떨어뜨렸어요.

그러게 말이다.

이대로 가만히 있으면 안 돼.

두 번 다시 이런 끔찍한 일이 일어나지 않게 하려면.

그래서 너희가 원폭을 알리는 책을 내도록 힘껏 도와줄 생각이다.

끄윽 끄윽

겐, 부탁한다. 힘을 모아 보자.

네.

겐, 난 너를 믿는다.

네.

내일 꼭 종이를 보낼게. 걱정 말거라.

아저씨, 고맙습니다.

오늘은 푸짐히 대접할 테니 편히 놀다가 가거라.

크아하하, 형아, 잘 됐다아.

......
......

원폭이 떨어지고 나서

벌써 네 번째 여름을 맞는구나.

그 날의 끔찍한 광경이 아직도 생생한데.

8월 6일…

빌어먹을, 여름이 올 때마다 비까 맞은 상처가 욱신거려.

......
......

......
......

영차.

영차.

으이차.

어영차.

하아 하아.

허억 허억.

빈틈없이 쌓아야 해.

걱정 마.

영차아.

51

형, 아직 있어?

이걸로 끝이야.

모두 다 됐어. 아저씨 소설이 드디어 나왔어.

이야— 너무 잘됐어. 오늘은 잔치라도 벌이자.

박씨 아저씨가 암거래로 종이를 마련해준 덕분이야.

빨리 이 책을 아저씨께 갖다 드리고 인사해야겠어.

아저씨 진짜 대단하시다. 어디서 구하셨을까?

아빠가 기뻐하실 거야. 책이 이렇게 잘 나와서.

빨리 가서 어서 보여드리자.

그래 그래.

영차,

영차,

헥헥. 책은 진짜 무겁네. 너무 힘들어.

형, 좀 쉬었다 가자.

하악 하악. 그럴까?

다들 잠시 휴식이다. 잠시 휴식—

휴~~~~ 덥다아. 얼음과자라도 있으면 좋겠네~

낼름 낼름 쭈욱—쭈욱— 맛있다아~~

넌 틈만 나면 먹을 것 타령이구나.

근데, 형, 저 책엔 어떤 게 적혀 있어?

읽어보면 알 거야.

크아하하하, 그럼 알긴 틀렸네.

왜?

난 글을 못 읽잖아. 형이 읽어줘야 한다구.

내, 내가?

이히히히, 형도 못 읽는구나?

누굴 바보로 알아? 읽을 수 있어.

정말로? 거짓말 마.

히히히

바—보야, 난 머리가 좋잖아. 그러니까 읽을 수 있단 말야.

그럼 읽어 줄 테니 잘 들어.

좋아.

어험, 잘하진 못 하지만,

어험~ 목소리 테스트—

하하 하하.

천하 제일 의 바보가 여기 있네~

여태 뭐해?

그러니까, 나, 히라야 마 마쭈끼찌는 지옥의 밑바닥을 보았습니다.

그 지옥의 모습을 있는 그대로 여기에 적어 두고자 합니다.

흐—음.

지옥이 나오는 얘기라니 신나는데?

저는 히로시마 시의 서쪽에 있는 도오까이찌란 데서 살았습니다.

히로시마 시는 군 사단이 있어서 군인도시로 번성한 도시이기도 합니다.

우지나 부두는 동남아 전쟁터로 이송되는 병사들로 늘 꽉 찼습니다.

우리 여덟 식구는 전쟁 때문에 먹을 게 없어서 힘든 나날을 살았습니다.

저는 신문 기자로 일했습니다.

지옥문이 열린 것은 1945년 8월 6일이었습니다.

그 날의 하늘은 구름 한 점 없이 푸르디 푸르렀습니다.

마치 지옥의 축제를 위해 만들어진 것 같은 날씨였습니다.

저는 교외의 구사쭈 마을을 취재하려고 집을 나섰습니다.

그때 본 가족들의 모습이 마지막이 되었습니다.

지옥의 축제는 8시 16분, 미국의 B29 에노라게이호에 의해 시작되었습니다.

하얀 비행구름을 그으며 지옥의 사자가 찾아왔습니다.

구오오ー옹

......
......

형, 빨리 읽어.

그, 그 리고…

그리고 지옥행 차표를 하나의 원자폭탄에 담아 40만 히로시마 전 시민에게 뿌렸습니다.

하얀빛을 중심으로 미친 듯이 타오르는 거대한 광선이 5천도 이상의 열선을 뿜어냈습니다.

모든 걸 날려버리는 폭풍과

죽을 때까지 인간의 몸을 괴롭히는 방사능이란 악마의 병원체를 흩뿌리며

지옥 축제는 흥이
고조되어 거대한
버섯구름을 일으키며
하늘을 뒤덮었습니다.

그 구름 아래에서는
지옥 밑바닥으로 사람들을
실어보내는 만원열차가
쉴새없이 왕복하고
있었습니다.

저는 담 뒤에 있었기
때문에 150미터쯤
날아가서 다행으로
살아남았으나…

다른 사람들은…
눈에 보이는 사람마다
모두 인간의 모습이
아니었습니다…

폭풍으로 옷은
홀라당 날아가
버려 발가벗겨진
채…

눈알은
간데
없고

배가 터져서 그 속에서 내장들이 흘러내리고

깨진 유리조각이 전신에 박혀서

선혈이 낭자하게 흘러 온몸이 시뻘겋게 물들고

유리조각이 빽빽하게 박힌 살갗은 마치 문신을 새겨 놓은 듯 새파래지고

몸을 움직일 때마다 유리가 부딪치는 소리가 착착 났습니다.

얼마나 무서운 폭풍이었는지 알 수 있었습니다.

더욱 놀라운 것은 손가락 끝에 50센티나 되는 종이를 늘어뜨리며 떼지어 걷는 모습이었습니다.

너무 이상해서 자세히 보았더니

그것은 종이가 아니라 열선으로 피부가 어깨에서부터 팔, 손가락 끝으로 흘러내린 것이었습니다.

등의 피부는 훈도시*처럼 늘어졌고

다리의 피부는 뒤꿈치로 흘러내린 채

양손을 앞으로 내밀고 느릿느릿 유령들처럼 걷고 있었습니다.

손을 내리면 팔이 땅의 흙을 질질 끌기 때문입니다.

*일본식 남자 팬티로서 남성들의 음부를 가리기 위한 폭이 좁고 긴 천.

특히 검은 옷을 입었던 사람들은 화상이 심했습니다.

복사열 때문에 검은색 옷 무늬가 살갗에 박혀 타버렸습니다.

흰옷을 입은 사람들은 그 흰색 부분만 괜찮았습니다.

흰색은 열선의 빛을 반사했던 것입니다.

얼마나 엄청난 고열의 빛이었는지 알 만했습니다.

저는 식구들이 걱정되어 집으로 뛰어가고 있었습니다.

그러면서 지옥이 무대에서 펼쳐지는 장면을 하나하나 다 본 것입니다.

사방의 무너진 집더미들 속에서는 도와달라는 소리가 아우성쳤습니다.

도와줘— 사람 살려— 어—

누가 좀 도와주세요——

저는 한 명이라도 살리기 위해 도와주려고 했습니다.

하지만 겹겹이 포개진 나무더미 무게는 내 힘으로 어쩔 수가 없었습니다.

불이 불을 불러들여 거대한 불기둥이 곳곳에서 솟구쳤고 히로시마는 순식간에 불바다로 변했습니다.

집안에 있던 사람들은 폭풍으로
집들이 폭삭 무너지면서
그 밑에 깔려 있었는데, 열선이
그 집들을 불태우며 드디어
지옥의 불장난이 시작된
것입니다.

저는 도와달라고
애원하는 소리에
귀를 막고

염불을
외며 달아
났습니다.

으으—
으으—

우아—앙.
겐 형,
뜨거—
뜨거—

겐, 엄마 데리고
빨리 도망가— 불에
휩싸이고 있어—

여보—

아빠—아—
신지— 에이코
누나—아—

으아—
아빠—
누나—
신지…

으으 윽.

버, 벌써 우리 집 쪽은 불에 휩싸여 다가가지도 못하고

식구들이 무사하기를 빌며

저는 맹렬히 타오르는 불길을 헤치며 도망쳐,

강으로 뛰어들었습니다. 그때는 오직 바로 옆에 서 달려드는 악마의 불길에서 벗어나야겠다 는 생각밖에 없었 습니다.

열선으로 화상을 입은 사람들은 근육이 오그라 들어서 헤엄도 치지 못하고 하나 둘 물 속에 잠겨 갔습니다.

폭심지 가까이 있는
나뭇가지에는 폭풍으
로 날아온 사람들의
시체가 꽂혀
있었습니다.

우와 앙.
아빠——아.

류타야, 빨리 달아나.
불길이 번져오고 있어.
빨리 빨리 달아나아.

엄마——아——
엄마——아——

흑흑
흑ㅡ

흑흑
흑…

……
……

엄마—

꺄아
악.

엄마—

나추
에—

흑흑
흑.

……
……

아빠—아.
엄마—아.

가추지, 빨리
달아나. 불이야.
불이 번졌어.

우와—앙.
우와—앙.

겨우 지옥의 밑바닥에서 벗어나 교외의 고이에 다다른 것은 밤 8시쯤 이었습니다.

히로시마 시 전체가 미치광이처럼 타오르는 불로 환하게 비쳤습니다. 전기가 꺼졌는데도 말입니다.

대나무 숲이나 밭에는 화상으로 육체가 문드러져 움직이지 못하는 사람들로 득실댔습니다.

그러다가 하나의 합창이 시작했습니다. 물~물~하고.

무울~

무울~

화상으로 수분이 말라버린 육체가 본능적으로 물을 요구하는 소리였습니다.

게다가 배고파서 숨진 엄마의 젖꼭지를 빨아대는 아이의 모습은 차마 두눈 뜨고 볼 수가 없었습니다.

구호소의 약은 삽시간에 바닥이 나서 머큐로크롬조차 찾을 수 없었으며, 가족의 이름을 부르짖으며 지옥 밑바닥으로 떨어지는 소리만 메아리쳤습니다.

그 밤이 지나니 보이는 건 온통 타다 남은 벌판 뿐이었습니다.

눈에 보이는 건 시체, 시체뿐.

타다 남은 수조 속에는 불에 쫓겨 들어간 시체가 수두룩 했습니다.

마지막 순간까지 자식을 지키려고 양팔로 꽉 부둥켜 안고 죽은 어머니의 모습을 보며 저는 울었습니다.

강을 가득 메운 시체들은 밀물과 썰물을 따라 밀려 갔다 밀려왔습니다.

군대나 소방단에서 시체 정리를 시작하자

건져 올린 시체들을 어물시장의 다랑어처럼 늘어놓았습니다.

그리고는 시체를 쌓아올려 휘발유를 붓고 태웠습니다. 매일 매일 몇천 몇만씩…

가족의 시체를 찾아낸 사람들은 직접 시신을 태웠습니다. 그 연기가 불에 탄 벌판 곳곳에서 피어올랐습니다. 끊이지 않고…

저는 제 가족이 꼭 살아 있을 거라고 믿고 구호소를 찾아다녔습니다.

어느 구호소나 화상 입은 사람들의 상처에서 나는 고름 냄새가 가득해서 구역질이 났습니다.

화상으로 상처 난 곳에서는 구더기가 우글거려 가려움과 통증으로 끙끙거리며 신음했습니다.

구더기를 젓가락으로 끄집어내면서 그저 죽을 때를 기다릴 뿐이었습니다.

우와—앙. 아빠하고 엄마 몸에 구더기가 들끓어 풍선처럼 부풀어서 죽었어요…

우아—앙, 우아—앙—

흐흐흑.

잿더미가 되어버린 히로시마 시가지에는 파리떼가 엄청난 대군처럼 생겼습니다.

시체가 얼마나 쌓였으면 파리떼가 하늘을 덮었겠습니까!

파리 군단이 휩쓸고 지나가면 하얀 옷이 삽시간에 검은 옷으로 변했습니다.

파리떼에 잡혀먹힐 것 같은 생각이 들 지경이었습니다.

가족들은 보이지 않았습니다. 저는 불탄 집터를 파냈습니다.

그래서 불탄 데를 지날 때는 양손에 수건을 쥐고 몸을 털며 걸어야 했습니다.

그러다가 결국 가족 모두의 시체를 다 찾아냈습니다. 무너진 집에 깔려 모두 타 죽은 겁니다.

이 날부터 저에게는 시간도 계절도 멈춰 버렸습니다…

사랑하는 모든 걸 잃은 충격으로 꿈도 희망도 사라졌습니다.

모든 걸 앗아간 원자폭탄의 지옥 축제는 이것만으로 끝나지 않았습니다.

방사능이란 엉뚱한 선물을 비에 섞어 뿌리거나 땅속으로 스며들게 해서 축제가 끝난 뒤에도 지옥은 계속되었습니다.

방사능은 시체정리를 위해 파견된 건강하고 혈기왕성한 군인들과, 친지나 가족을 찾으러 온 사람들의 몸 속으로 파고 들어가

설사를 하게 만들고, 백혈병이나 암을 일으켜 사람들을 지옥의 나라로 떨어뜨렸습니다.

간신히 희망을 안고 살아가려는 사람들을 붙들고 놓지 않은 겁니다.

예쁘고 고운 얼굴을 켈로이드로 일그러지게 만들어 끝없이 괴롭힙니다.

내 몸에도 들어와서 저를 지옥의 나락으로 끌어당기고 있습니다.

저는 싸웠습니다. 사람의 뼛가루를 먹으면 산다는 말을 믿고 그대로 했습니다.

술을 많이 먹으면 낫는다는 말에 술을 병나발로 들이키기도 했습니다.

갖은 방법을 다 써보았지만 이젠 소용없습니다. 기력조차 없습니다.

제발 우리를 대신해서 원자폭탄이란 지옥의 사자를 몰아내 주십시오.

저는 원자 폭탄을 결코 용서할 수 없습니다.

절대 용서 못합니다. 전쟁을 일으킨 자도 원폭을 투하한 자도, 지옥 사자의 앞잡이노릇을 한 일본인도 미국인도

저는 절대 용서할 수 없습니다. 모든 것을 앗아간 비까를…

이 지구에 사는 사람들이여, 모두 외쳐주십시오. 지옥의 문을 막으라고! 어서 빨리!

두 번 다시 지옥의 나락으로 떨어지지 않도록 힘을 모읍시다.

인간은 얼마나 어리석습니까? 예나 지금이나 전쟁을 일으키려고

지옥으로 가는 살인 병기를 만드는 데만 몰두하고 있으니…

이제 그런 지긋지긋한 세상은 없애야 합니다. 모두가 지혜를 모아서…

형,
그만해!

왜
그래?

이제 됐다니까.
비까 때문에 당한
생각이 나잖아.

······
······

조~용

흐으흑, 난 비까로
죽은 엄마가 보고
싶어.

아빠도
보고 싶어.

우앙— 나도
보고 싶어—

빌어먹을
비까놈.
비까 새끼.

흑흑흑.

엉엉엉.

바보같이 울지 마.
울지 말고 힘내잔
말야.

비까의 무서
움을 모르는
사람들에게

이 책을 뿌릴 거야.
전 일본, 전 세계 사람
들에게 알려야 해.

자, 모두 기운
내서 돌아가자.

훌쩍.

훌쩍.

으으윽,
비까 새끼.
비까놈.

언제까지 우릴 괴롭힐 거야?
아빠랑 신지랑 누나랑 도모코를
돌려달란 말야.

우아—앙.
비까놈아—

우아ー앙
우아ー앙

뭐야? 울지 말라고 해놓고서
자기가 먼저 울고 있잖아.
형은 바보야—

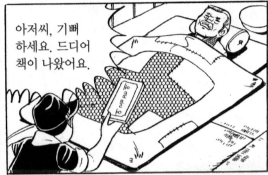
아저씨, 기뻐 하세요. 드디어 책이 나왔어요.

아저씨, 눈을 떠봐요. 눈을 뜨고 빨리 보세요.

엇, 이상해. 숨을 안 쉬나 봐…

아저 씨.

아저씨.
아저씨.
아저씨.

바보야.
아저씬
바보야.

형, 무슨
일이야?

엉엉
엉.

아저씨가
죽었어. 숨을
거두셨어.

아...
아빠가.

겨우 겨우
고생해서 책이
나왔는데.

보여드리지
못했어.
늦었어...

형,
거짓말
마.

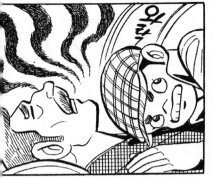

으아— 심장이
멈췄어, 안 움직여.

이대로
보낼 순
없어!

아빤 바보야—
이렇게 쉽게
죽으면 어떡해!

류타야,
뭐 하는
거야?

인공
호흡
이야.

살아나게
하려는
거야.

이대로 돌
아가시면
안 돼!

아빠, 책이 나올
날만 눈 빠지게
기다렸리다가

보지도
못하고
가면 어
떡해요!

보여 드릴 거야.

내가 반드시 책을 보여드릴 거야.

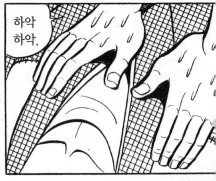

하악 하악.

아빠가 살아야 해. 살아야 한단 말야.

아빠가 죽으면 우린 도로 부랑아가 돼서 경찰에 쫓기는 신세가 되잖아.

울 아빠로 끝까지 살아야 해.

...... ......

...... ......

...... ......

하악 하악.

84

류타, 네 맘은 알지만 이제 포기해.

......
......

엉엉엉, 이럴 순 없어.

바보 바보 바보.

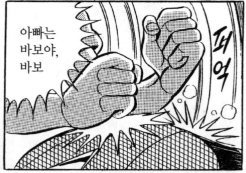

아빠는 바보야, 바보

앗.

움직였다. 움직였어.

심장이 움직이기 시작했어.

크아하하하, 형, 봐봐. 포기하면 안 되는 거야!

심장을 두드린 충격으로 되살아났나 봐.

크아하하하, 모두 기뻐하라구. 아빠가 되살아났어.

아저씨, 눈떠요.

아빠, 눈 뜨라구요.

아빠.

아빠.

아앗, 떴다. 떴어.

아빠, 나야 나, 나 류타예요. 알아보시겠어요?

으으.

아저씨, 보여요?

약속대로 아저씨 소설을 책으로 냈어요.

으으.

이 책이에요. 아시겠죠?

덥벅

덥벅

형, 아빠가 알았다고
말씀하시는가 봐.

아구구,
힘이 굉장
하네요.

앗.

엇.

아빠.

아저
씨.

멈췄어. 심장이
멈췄어.

아저씨, 정신차려요.

아빠, 안 돼. 숨쉬어봐—

죽지 마. 죽으면 안돼.

아… 안 돼. 심장이 멎었어.

심장이 움직이지 않아.

안 돼! 이렇게 죽으면 안 된단 말야!

엉엉엉, 우린 다시 고아가 됐어.

……
……

으앙—

흑흑흑.

우아 앙.

흑흑 흑.

○ ○ 화 장 장

...... ......

...... 류타야, 그만 훌쩍거려. 너답지 않아.

형도 사람이야?
우리 아빠가 죽었는데
기운이 나겠어?

멍청하긴, 아저씬
안 죽었어. 영원히
살아 있어.

무...
무슨 말
이야?

아저씬 책 속에서
살아계신 거야.

그래서 우리
모두에게 말씀
하시는 거라구.

류타야, 아저씨 책을 전일본과 전세계로 내보내서 여행을 시켜드리자.

그러면 너희가 효도하는 거야!

뭔가 이상하지만 그럴 듯한 말이네.

류타야, 이 멍든 자국을 봐. 아저씨가 잡은 흔적이야.

아저씬 마지막 힘을 다해서 우리한테 용기를 주시려 한 거야.

우리 몸에 자신의 뜻을 전하시려 한 거라구. 힘내라고. 아저씨도 같이 살아 있으니까 용기 잃지 말고 좌절하지 말라고.

……
……

난 그때 그렇게 느꼈어.

너도 그렇게 생각하고 힘내.

……
……

91

아저씨, 그렇죠?

그래, 그렇다고 하시네.

뭐라구요? 류타가 훌쩍거리니까

바보 같아 보인다구요? 맞아요, 맞아.

형, 그만두지 않으면 화낼 거야.

이 바보야, 아저씨가 말씀하시는 거야.

네? 뭐요? 화난 얼굴은 얼빠진 호색한으로 보인다… 네네, 알겠습니다.

형!

네? 뭐라구요? 류타는 웃는 얼굴이 제일 멋있고 미남이고 예쁜 천사처럼 보인다고…

방긋

아아~ 예! 언제까지나 그런 얼굴로 있으라는 거죠?

웃으라고 하셨어.

끄아하하하

뿌ー

어때?기분이 풀렸지? 웃어, 웃으라구.

뭐라 구?

형, 날 속였지?

끄아하하, 너도 칭찬해 주니까 좋아 했잖아.

아얏하하

와하하

크하하

자아, 우리 모두 기운 잃지 말자.

아저씨 책을 많은 사람들이 보도록 배포하자.

알았어, 형, 그렇게.

됐어. 출발이야.

푸른 언덕에 우뚝 선, 빠알간 지붕의 원추형 시계탑에서, 때앵 때앵 종소리～～

좋구나— 때앵 때앵 좋아— 때앵 때앵.

며칠이 지난 후

두런
두런.

쑥덕
쑥덕.

이제 책이
없니?

다 떨어
졌어요.

섭섭하네.
아주 좋은 책을 준대서
왔는데.

책을 가진
사람한테
빌려서
읽으세요.

류타, 드디어
아저씨가 여행을
시작하신 거야.

전쟁과 원폭의 참혹함이
모든 사람들에게 널리
알려지면 아저씨도
기뻐하실 거야.

진짜
기대되네.

부웅—

끼이익

무슨 일
이야?

놓치지
마랏.

이거 왜 이래?

샷—업.

탁

다
닥

무슨 짓이야? 우린
나쁜 짓 한 거 없어—
놔—

놔—
놔—

빌어먹을, 내가
소년원을 탈옥한 게
들통이 난 거야.

제길, 도로
소년원에 갈
순 없어.

쉽게 잡힐
줄 아냐.

콰—앙

아악—

개 같은 양키놈들, 우리를 어디로 데려 가는 거야?

구레로 가는 건가 봐.

난 돗또리현의 소년원으로 데려가는 줄 알았더니 아니네?

겐, 무서워. 우린 이제부터 어떻게 되는 거지?

모…몰라…

개와
일본인
접근
하지
말것

STOP

형, 여긴 미군
부대가 있는
곳이야.

이상한 데로
데려 왔어.

우릴 왜 이런 데로 데려왔지?

......
......

설마 우릴 미국으로 보내는 건 아니겠지?

미, 미국에?

놀래키지 마. 난 미국 같은 덴 가기 싫어.

히히히, 밥을 배불리 먹여 준다면 좋잖아.

바— 보.

벌컥

앗?

이제부터 너희들을 심문하겠다.

웃기네, 일본인이 왜 미국인 모습을 하고?

난 일본인이 아냐. 미국인 이다.

그럼 미국 국적을 가진 일본계 2세예요?

그래. 난 마이크 히로타 소위다.

너희들은 이제부터 내가 하는 질문에 바른대로 대답해라.

만약 거짓말을 하거나 반항하면 너희들 신변은 보장할 수 없을 줄 알아.

보장할 수 없다니 그게 무슨 말이야?

이 책은 누가 만들었는지 대답해.

뭐야? 그런 걸 가지고?

끄아하하, 아저씨도 읽었어요?

아주 좋은 책이죠?

샷― 업.

왜 욕해요?

누가 만들었는가 하는 것만 대.

우리가 만들었어요.

너희가?

말도 안 되는 소리하지 마. 애들이 이런 책을 만들었을 리 없잖아!

정말이에요.

이 글도 너희가 썼다는 거야?

그건 아저씨 가요.

아저씨?

우리 아빠예요.

너희 아버지는 지금 어디 있어?

천국이요.

천국?

네네, 지금쯤 구름 위에서 주무시고 계실 거예요.

아얏—

철썩

너희들이 날 바보로 아는 거야, 뭐야?

까불면 가만 안 돼.

에이씨, 왜 때려?

우리 아빤 죽어서 없단 소리야!

너희 미국이 떨어뜨린 원폭 방사능으로 괴로워 하다가 이 꼴이 되었단 말야.

그건 뭐야?

아빠 유골이야—

우리가 유물로 가지고 있는 거야.

······
······

왜 이 책을 갖고 욕하는 거죠?

이 책은 좋은 책이 잖아요.

닥쳐. 원폭에 대해서 글을 쓰거나, 책을 내거나, 모여서 이야기하는 것도 다 금지돼 있어.

모든 게 다 우리 미국의 허가가 있어야 해.

특히나 이런 책을 만드는 건 절대 허용 안 한다구.

너희들은 큰 죄를 저질 렀어.

그런 바보 같은 게 어딨어요?

이 책의 어디가 나쁘단 말예요?

원폭의 무서움을 쓴 게 뭐가 잘못이냔 말예요?

시끄러. 입닥쳐.

105

난 용서 할 수 없어요.

그 지독한 원폭을 맞고도 가만히 입 다물고 있을 순 없다구요!

시끄러, 일본이 원폭을 맞은 건 당연하단 말야.

뭐라 구?

일본이 미국 기지가 있는 하와이섬의 진주만을 비겁 하게 공격했으니 말이다.

그런 비겁한 일본은 원폭을 맞았다고 해서 항의할 자격도 없어.

오히려 원폭 때문에 전쟁이 끝나게 되었으니 고맙다고 감사해야지.

무…무슨 소리예요?

진주만 공격하고 원폭 투하를 같이 보다니, 그게 말이 돼요?

미국의 유리한 입장만 통할 수 있을 거 같아요?

그러게 말야.

아저씨, 원폭투하가 인간이랑 지상의 모든 걸 어떤 모습으로 바꿔놓았는지

그 책을 읽었으면 아실 거 아니에요?

입닥쳐. 난 너희 아저씨가 아냐. 히로따 소위라고 불러.

잔소리 집어치워.

으으~ 열받게 하지 마.

이, 이 새끼.

원폭은 갓난아이랑 어린이랑 노인들…

아무 죄도 없는 사람들을 몇십만 명이나 유령으로 만들어서 죽였어.

인간이 살아갈 수 있는 모든 걸 빼앗아버렸어.

게다가 방사능이라는 영원히 사라지지 않는 병원체를 뿌려서 살아남은 사람마저 극심한 고통 속에서 죽어가게 하고 있어.

미국 진주만에서 그런 일이 있었어?

자기네만 유리하게 말하지 마.

함부로 말하지 말란 말야.

너희들은 전쟁을 이용해서 원폭을 실험하려고 대량으로 인명을 살상한 범죄자들이야.

너희 미국은 영원히 이 죄를 씻을 수 없어. 명심하라구!

맞아.

이대로 가만히 있으면 너희는 기세 등등해서 또다시 원폭을 쓸 거야.

난 참을 수 없어.

두 번 다시 원폭 때문에 그 참혹한 광경을 보는 건…

원폭이 미국에 떨어져서 너희들의 애랑 아빠랑 엄마가 죽어서 원혼이 되었다고 해봐.

당신도 꼭 우리 같은 심정이 되지 않겠나.

그러기 위해서라면 난 몇번이든 책을 만들어서 사람들에게 보여줄 거야.

원폭은 꼭 없애야 하는 거야.

류타, 그치?

그래, 그래.

아저씨, 우릴 깔보면 안 돼.

양키놈들 입장만 유리하게 봐줄 순 없어. 알았어? 이 모자란 아저씨야.

이 새끼들이 말하는 걸 들어주니까 어디서 건방을 떨어!

가만두지 않겠어.

오호, 가만두지 않으시면 돈이라도 주신다는 건가?

백팔염주를 든 각설이~ 바구니 끼고 문앞에 서서~ 아자씨—이— 한푼 줍쇼— 바구니에 꽉 차게 한푼 줍쇼— 얼씨구 조오—타.

미국, 이 바보놈들아,

너희들은 원폭을 투하한 죄를 즉각 사죄하라.

우리에게 사죄해!

그래. 사죄해!

히로시마, 나가사키에서 죽은 몇십만 사람들에게 사죄해라!

살아남았어도 계속 고통받고 있는 몇십만 사람들에게 사죄해라!

이, 이놈들이.

왜 이래?

악.

이놈들아— 왜 우리를 이런 데 가두는 거야?

미국에 반항하는 놈들은 이제부터 정신이 번쩍 들도록 세뇌시킬 거야…

세뇌?

대체 무슨 말이야?

생각을 바꿔 놓는단 말야.

웃기지 마. 우린 생각을 바꿀 멍청이가 아냐.

흐흐흐, 네놈들은 제법 고집 있어 보이는군. 해볼 만하겠어. 기대해보지.

호호
호.

......
......

그, 그런 이
상한 눈으로
보지 마.

이놈들아—
빨리 여기서
내보내 줘.

빨리
풀어줘—

제길,
제길.

바—보. 얼간이.
멍청이. 똥싸개.
오줌싸개.

탕
탕
탕
탕

제길, 형 우린
이제 어떻게
되는 거야?

나도
몰라.

으으
으
!

앗?

누가 있어!

헉! 앗?

아—아저씨는 누구세요?

어, 어떻게 된 거죠? 상처가 심하네요?

하악 하악.

으으으, 이제 너희들도 나처럼 이렇게 될 거야.

옛? 뭐라구요?

아저씨, 겁주지 말아요.

그래요.

미국놈들은 지독한 놈들이야. 이런 어린애들까지…

대체 무슨 소리예요?

미국이 하라는 대로 따르지 않으면 혹독하게 고문을 당한단다.

아저씨는 왜 이렇게 됐어요?

미국의 간첩을 하라는데 거부하니까 이 꼴이 됐어…

간첩이요?

너희들도 간첩으로 키울 생각인가 보구나.

크아하하, 우리 같은 어린애가 간첩이 된다니, 웃지 않을 수 없네요.

하하하, 정말 웃긴다~

우, 우리를 간첩으로요?

웃을 일이 아냐. 애라고 해서 사정 봐주지 않아.

헉.

아저씨, 겁주지 말아요.

지금 일본은 캬논기관들이 판을 치고 있어.

캬논 기관이 뭔데요?

미국한테 유리하도록 비밀공작을 하는 특수기관이야.

캬논이란 건 그 지휘관인 대령 이름이야.

난 도쿄에서 어떤 소년이 지독하게 당하는 걸 봤어.

아저씨는 도쿄서 왔어요?

응, 일본의 여러 곳을 전전하다 여기까지 왔어.

언젠가 나는 놈들 손에 죽을 거야…

러시아에서 돌아온 사람들을 마구잡이로 끌고 오고 있어. 소년들도 예외가 아냐. 수갑을 채우고 눈을 가려 기지로 데려와서 미국 측의 간첩으로 만들어버리는 거야.

간첩을 안 하겠다고 하면 온갖 고문을 해서…

어, 어떤 거요?

도망 못 가게 마약을 주사하고는 마구 치고 때리지. 이건 약과야.

블랙잭이란 고무로 만든 몽둥이로 마구 때리고…

홀라당 벗겨 칼로 긋거나,

철제 침대에다 쇠사슬로 손발을 묶고 고문하거나,

벌겋게 불에 달군 철봉으로 몸을 지지거나,

전기 쇼크를 일으키거나,

권총을 머리에 대고 열까지 세고 쏘겠다고 위협하거나,

뜨거운 물을 머리에 퍼붓거나,

천장이 낮은 수조에 가둬 서지도 앉지도 못하는 자세로 자지도 못하게 해.

그렇게 며칠씩 놓아둬서 육체도 정신도 잃게 만드는 거야.

고통이 너무 심해서 미쳐버리거나 자살 하는 사람들도 많아.

살려달라고 매달려서 미국을 위해 간첩이 되겠다고 맹세 하면,

그때까지와는 딴판으로 특별 대우를 해 주는데,

무전기 조작 이나

낙하산 투하 훈련을 시켜.

그리고는 무역선으로 가장한 간첩선에 태워 한국으로 보내는 거야.

아마도 한국에서 전쟁이 일어나려는 것 같아. 그 정보를 얻어내자는 거지.

한국에서 전쟁이? 우리를 간첩으로?

형, 이거 큰일났네. 큰일났어.

......
......

미국이 그런 짓을 하다니, 너무해.

그런 잔혹한 짓거리를 하는데 가만있어요?

지금 일본은 전쟁에 져서 찍소리도 못하거든.

연합국총사령부가 일본을 모두 지배하고 있으니 거역 못하는 거야.

모두 비밀에 붙이고 숨기고 있는 거야.

게다가 미군 기지는 치외법권이어서 어떤 일을 당해도 일본은 꼼짝할 수 없어.

제길, 열 받네. 진짜.

훗날, 1953년 11월에 가지 사건*으로 캬논기관이 있다는 사실이 밝혀졌다.

미국이 몰수한 도쿄 혼고오에 있는 이와사키 저택의 지하실에는 수조를 비롯하여 고문에 사용되었던 온갖 도구들이 발견되었다.

가지 사건은 빙산의 일각으로 이 혼고오하우스에서만도 수백 명의 일본인이 감금되어 암암리에 사라져갔다.

혀…형, 우린 미국의 입장을 곤란하게 하는 원폭에 대해서 알렸으니까 혹독하게 당할 거야.

그…그러게 말야.

난 무서워.

큰일 났어.

*제2차 세계대전 중에 중국에서 반전운동을 하던 가지(소설가, 평론가)가 1951년 11월 미군 첩보기관에 납치되어 고문을 받으며 미군의 간첩이 될 것을 강요당하다 미군에서 근무하던 야마다 씨에 의해 신문에 보도 되어 석방된 사건.

빌어먹을, 이 일본을 양키놈들 맘대로 이용하게 할 수 없어.

절대 안 돼…

이러다간 미국에 휩쓸려서 일본이 또 전쟁을 하게 될 거야.

이제 전쟁 소리만 들어도 진저리가 나.

전쟁으로 희생되고 죽어가는 건 우리들이야…

형, 빨리 여기서 달아나자.

고문 당하다가 간첩이 되면 끝이야.

그래, 그러자.

ㅎㅎㅎ, 네놈들은 제법 고집 있어 보이는군. 기대해보지.

호되게 훈련해서 세뇌시켜주마.

큰일이야,
큰일—
으샤 으샤.

빨리 빨리
달아나자.

달아나려고 해도
이 방에서 나가지
않고선 방법이 없어.

어떡하면
좋을까?
어떡하면?

와…
왔다.

이대로
당하겠
어.

컴온.

으으
으.

아,
아저
씨.

또 아저씨를
고문하는 거
아닐까?

철컹

휴~~
우리가
아니었어.

아휴~
잘됐어.

난 오줌까지
지렸어.

으아아악

으아아악 으아아악 으으으윽

부들부들 와들와들

덜덜 덜덜

도망치자. 도망쳐야 해.

가만히 앉아서 당할 순 없어.

......
......

에잇!

앗!

왜 그래? 형?

정신 나갔어?

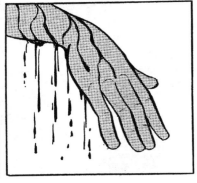

형, 자기 팔을 찌르고 무슨 짓이야?

히히히.

흐익—

형이 돌았어.

너희들도 이 피를 발라.

무슨 소리야? 더럽게…

멍청아, 사랑과 정의와 진실에 불타는 내 피가 더럽다니. 뭐가 더러워!

아아~ 큰일났어. 진짜로 돌았나 봐. 뭐? 사랑과 정의가 어쨌다구?

127

불쌍하게도 형이 고문당할 공포에 미쳐버렸나 봐.

그런 것 같아.

형, 정신차려. 형이 돌아버리면 아줌마가 슬퍼하실 거야…

임마, 헛소리 하지 마. 난 정상이야.

꼬~옹

이 방에서 달아 나기 위한 작전이 야. 빨리 피나 발라.

작전?

병에 걸려 피를 토하면서 괴로워하는 것처럼 보여서 이 기지에서 달아날 기회를 노리는 거야.

올커니, 그런 뜻이 었구나~

그런 거라면 빨리 말했어야지.

자물쇠가 잠겼으니 이방에서 도망갈 방법이 없잖아?

그래.

됐어? 시작한다. 괴로운 척해야 해.

네네, 맡겨두셔. 사람 속이는 건 누워서 떡먹기야.

시— 이— 작—

우와—앙. 아파— 아파요—

우아—앙. 아이고— 아파죽겠 네—

우와—앙. 기뻐서— 눈물이 나요—

바보 녀석아, 기쁘다니 뭔 말이야. 넌 일본말도 제대로 못해?

크아하하, 미안 미안.

제대로 해. 빨리 여기서 나가지 못하면 고문 받다가 간첩이 된단 말야.

네네. 죄송합니다.

우와─앙. 괴로워─ 살려줘~~

우아─앙. 누구 없어요──배가 아파요~~

끄아아~~ 아파─ 아이고 오─

뚝벅

뚝벅

왔어. 잘해.

그래, 알았어.

무슨 일이야?

크어어억, 괴로워 괴로워.

아구구구, 도와줘─ 배가 배가 찢어져─

잠깐, 그 새끼들 어디로 데려가는 거야?

......
......

쓱덕 쓱덕

으윽윽, 괴로워~ 괴로워~

ㅎㅎㅎ.

......

어디서 낡아빠진 수법을 쓰는 거야! 병에 걸린 체해서 달아나려는 거지?

정...정말로 아파.

어디가 아파?

으으윽, 배가, 배가 찢어지게 아파요.

여긴가?

억— 억—

끄으윽.

혀엉.

너희들도 어디가 아픈지 말해!

아프지 않아. 난 아픈 데 없어.

나도—

ㅎㅎㅎ, 실토했군.

다시 저 방에 처넣어.

날 속일 생각 하지 마.

제길.

홀쩍. 바보같이 되어버렸어. 피를 흘리면서까지 도망갈 궁리를 했는데. 이게 뭐야?

그 놈은 진짜 무서운 놈이야. 속이기가 만만 치 않아.

저 아저씨가 지독하게 고문당하고 있네.

으으으, 우리도 저렇게 당할 거야. 어떡하면 좋아~

아이구, 너무 무서워서 미치겠어.

이럴 바에야 차라리 고문을 이기는 훈련을 하는 게 낫지 않을까?

훈련?

그래. 얻어맞을 때 조금이라도 고통을 덜 느끼게 말야.

그런 것도 있어?

유도의 낙법하고 같은 거야. 쓰러질 때 힘을 주지 않고 부드럽게 뒹구는 거야.

형, 훈련 하자.

아는 게 무기야.

형, 빨리 가르쳐줘.

그래.

그럼 가르쳐줄게.

준비됐어? 엉덩이를 맞을 때는 맞는 순간에
재빨리 엉덩이를 당겨. 정면으로 맞으면
뼈에 금이 간대. 일본군대서 하던
거라구.

간다.
에잇.

알았어.

이
정도면
돼?

바보야,
더 아프게
소릴 질러.

이번엔
잘해봐.

간다

내
차례야.

주먹밥,
간다.

135

주먹밥, 너는 아주 잘했어.

그래.

이번엔 내가 맞을게.

좋아, 내가 때릴게.

꺄아아

에잇.

꺄아아

끄으으으윽

역시 형은 그럴 듯해.

잘하네

끄아하하하, 당연하지. 난 운동신경이 발달 해 있거든.

크, 크 레이 지—

그래, 그런 소리 야. 점점 나아지 고 있어.

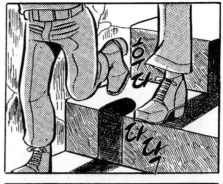

좋았어. 도토리 잘했어.

이번엔 내 차 례ー

잘해봐, 형, 간닷ー

까아ー

형, 걸작 이야.

아구구구,
야, 이 자식, 너 힘
빼지 않았지.

앗, 그랬어?
어쩐지 너무 잘
한다 싶더니.

너도 맛 좀 봐.

괜찮아.
사양할
게.

시끄러, 진짜로 고통을
당해봐야 낙법을 바로 쓸
수 있어. 엉덩이 내밀어.

그…
그만해.
형.

시끄러,
빨리 엎
드려.

싫어.
싫다구.

임마,
도망가지
마.

으아―
싫어.
안 돼.

이 녀석,
잡았다.

으아아―
형, 때리지
마.

……
……

에잇, 어때? 진짜로 얻어맞는 맛이?

크악—
아악— 도와 줘—

……
……

형, 너무해. 으으… 부아통이 터져.

시끄러. 잔소리 마.

제길.

빌어 먹을.

앗하하하, 좋았어— 재밌다—

흠, 저 녀석들 심상치가 않군.

아무래도 정말로 돌았나 봐…

에이, 간첩으로 써 먹으려고 했는데.

머리가 돌아 버렸으니 쓸모 없게 됐어…

이제 저놈들은 쓸모없어. 꺼내서 어디든 내다버려.

옛— 설.

끼이익

내려.

내리면 어떡해?

어디로든 꺼져버려.

정말로 가도 돼?

뒤에서 총으로 우릴 쏘는 건 아니지?

시끄러, 빨리 내려서 꺼져.

어떻게 된 거야?

모르겠어.

140

이게 뭐야? 바보가 된 기분이야. 고문 이기는 연습까지 했는데.

그러게 말야.

웬 일로 우릴 풀어 줬는지 이해가 안 돼.

정말 이야.

억울하다, 억울해. 잔뜩 겁먹었는데…

맞아. 여하튼 그놈들이 생각을 바꾸기 전에 얼른 히로시마로 돌아가자.

근데 양키놈들이 우리 일본에서 끔찍한 일을 벌이고 있는 거 같아.

맞아.

너무 기분이 안 좋아. 이대로 가만히 있을 순 없어.

꼭 앙갚음을 하겠어.

쿵당쿵당
쿵쿵쿵쿵

투덜
투덜.

투덜
투덜.

두런
두런.

쫑알
쫑알.

빌어
먹을,
젠장.

쿵!

아구구
구.

…… …… ……

으으윽,
제길.

아야야
야야―

아앗하하하,
너무 재밌어.

이놈 들아, 웃지 말아.

히익.

남의 불행을 보고 좋다고 웃어? 나쁜 녀석들.

아저씨, 오해하지 마세요.

우린 아저씨가 하는 게 너무 이상해 보여서 웃은 거예요.

그럼요, 어른도 유치한 짓을 하길래요.

뭐가 어째?!

아저씨, 뭣 땜에 그렇게 화가 나셨어요?

으아~ 이거 가만히 있을 수가 있어야지.

내가 밥벌이하는 자동차를 못 쓰게 만들었어!

으으, 열받아.

고장이 났어요?

고장난 게 아냐. 당했단 말야. 빌어먹을.

내가 남들보다 많이 버니까 양심을 품고 이런 짓을 한 거야.

씨발놈의 중개업자 놈들 짓이야.

144

설탕을 넣다니 가만 안 두겠어.

설탕?

아저씨, 설탕으로 차가 못 쓰게 되나요?

그래.

가솔린탱크에다 각설탕 3개만 넣어도 가솔린 속에 녹아 있던 설탕이 엔진으로 가서 타버리기 때문에 엔진이 엉망이 돼서 꼼짝도 못해.

엔진이 타버리면 차는 이제 아예 쓸 수가 없게 돼.

네에— 그렇군요.

크아하하하, 정말 재미있는 얘기야.

끼약

웃을 일이 아니야. 이 차엔 우리 식구의 생활과 목숨이 달려 있단 말야.

145

이 새끼들아~ 그만 두지 못해!

히익.

어이구, 분해라~ 분통 터져~

크아하하, 재밌어. 너무 재밌어.

달아 나자

철이 빠졌다아

하악 하악.

혼날 뻔 했네.

흠, 잠깐.

그 아저씨가 좋은 걸 가르쳐 줬어.

형, 뭔데?

히히히히, 재밌다, 재밌어.

형, 뭐야? 빨리 말해줘.

듣고 싶어?

응, 즐거운 일인지 밥을 배불리 먹을 수 있는 일인지 빨리 말해줘~~

히로시마에서 판을 치고 있는 미군의 지프나 트럭을 몽땅 움직이지 못하게 하는 거야. 미국놈들이 멋대로 날뛰는데 이대로 있을 수 없잖아.

쳇, 뭐야? 밥을 배불리 먹을 수 있는 얘기가 아니잖아?

네놈은 먹을 것밖에 모르는 치졸한 놈이구나. 바보, 멍청이.

상관 마. 바보 멍청이는 형이야.

양키들의 트럭이나 지프를 못쓰게 하는 건 우리 일본을 위해서도 중요한 일이야.

왜?

엔진을 못 쓰게 되면 일본에서 수리를 할 테고,

그리 되면 일본이 돈을 벌게 된단 말씀이야. 이거야말로 경제정책의 하나라~ 이거지~~

147

저기 봐. 전쟁으로 모든 걸 빼앗기고, 실업자들이 되어서 살아갈 희망을 잃고 고통스러워하는 오늘의 일본인들을.

우리가 하려는 이 일은 수많은 사람들을 구원하는 길이 되리니~~~

저 패전당 청소장관 나카오카 겐은 싸우렵니다.

세계 만방에 계신 여러분! 양키의 트럭이나 지프를 부셔 버립시다

옳소— 옳소—

그런데 나카오카 청소장관님, 황공하옵니다만, 원숭이 엉덩이는 새빨갛다고 하옵니다.

코아하하하하

주먹밥, 류타, 해볼까?

하자.

형, 해보자.

아저씨, 맨날 힘든 일만 부탁해서 죄송해요.

네 부탁이라면 어떤 일이든 들어 줄 테니 걱정 말거라.

고맙습니다, 아저씨.

근데 각설탕을 어디다 쓸려고 그래?

비밀이에요. 아저씨께 화가 미치면 안 되니까요.

비밀이에요, 비밀. 비밀 얘기는 소곤 소~~곤.

임마, 날름 날름 먹지 마. 계획대로 할 수가 없잖아.

아얏.

구두 쇠!

넌 잠시도 틈을 주면 안 되는 녀석이야…

149

어여쁜 꽃의 유혹도 매서운 바람도 다 물리치고— 으샤— 어엿이 나아가는 사나이 길— 으샤— 으샤—

히힛, 적 발견, 우로 30도.

접수했다. 작전 개시!

에헤 헤헤.

JOKR JOKR 여긴 히로시마 제1방송. 띠리리리링. 12시… 땡땡땡 짠짠 짠짜 짜라라라라~ 짜잔~~~~

굶주리고 있는 전국의 국민 여러분, 일요일 오후를 어떻게 지내고 계시는지요?

여러분의 노래자랑 시간이 돌아왔습니다.

첫번째 노래는 이국의 언덕. 오늘도 저물어 가는~~ 때—앵, 아깝습니다.

두번째로 도쿄부기. 도쿄 부기 우기~~ 때—앵, 아깝습니다.

세번째로 소오랑타령. 앵야 돗도 앵야 돗도~ 때—앵, 엉망 진창입니다.

하하 하하.

하하 하하.

히히히, 형이 진짜 잘하네.

이게 가솔린 탱크로군.

근데 너무 아까워. 이렇게 귀한 각설탕을 넣다니.

맛있 다아 ~

에잇, 저 자식이 또 핥고 있잖아! 야— 빨리 넣어!

와이?

크아하하하, 이제 곧 2시가 됩니다.

뚜 뚜 뚜 뚜우— 2시~~

공지를 알리는 시간이 되었습니다.

이제 곧 명태 배급이 시작됩니다. 히로시마 시민 여러분, 어서 빨리 냄비를 들고 생선가게에 줄을 서 주십시오.

뚜 뚜 뚜 뚜우— 3시~~

하하하, 크레이지—

사람을 찾는 시간입니다. 오늘 마이주루 항에 도착한 귀향자들 명부를 낭독하겠습니다.

사할린에서 온 오오따 마고이찌 씨, 히로시마 현 출신 하나가와 료꼬 씨, 출신지를 알 수 없는 사람도 있습니다.

하 하 하

하 하 하

하 하 하

뚜 뚜 뚜 뚜우— 4시~~

하하 하하.

띠띵띵띵 딩동뎅동—

라디오 만담의 시간입니다. 엔따쭈 아짜꼬*의 만담부터 들으시지요.

저—뭐라 할까요… 요새 물가고는 놀라자빠질 지경입니다…

그래요, 그래, 세상이 온통 연 같단 말예요.

어째서 연 같다고 하죠?

높이 높이 위로만 올라가니까요.

아이고 머리야~ 무슨 말을 하려는 거야?

152

*당시 일본에서 제일 인기를 끈 만담가.

형, 됐어.

그래.

헤이, 브라보— 브라보—

바보들아, 좋아할 것 없어. 좀 있다 울지나 말라구.

그래서 오늘 방송을 마치겠습니다. 안녕히 가십시오. 얼른 꺼지 라구—

헤이 컴온.

짐이 방귀를 꿰었습니다. 너무 구린내가 날 겁니다. 코를 잡고 대피하십시오~~ 뿌우—웅, 방귀가 방금 전파를 먹어버렸습니다. 앗, 고장이 났습니다. 그리하여 온 일본땅이 굶주리게 되었습니다.

헤이 헤이.

크아하하, 다른 것을 잡으러 가자.

저기— 적 발견.

접수 했다.

JOKR JOKR 방금 전파가 회복됐습니다.

오늘 밤의 빛나는 명가수를 소개합니다. 비둘기의 언덕인지, 언덕의 비둘기인지, 언덕의 남자입니다. 금주의 빛나는 별은 오가하루오 씨~~ 데—데뎅뎅 데—데뎅뎅 짠짜잔

그럼 '울지 마라. 비둘기야' 부터 들려드리겠습니다.

바—보, 신나서 잘하고 있네~

울지 마. 비둘기야— 어이하여 슬피 우느뇨—

배가 너무 고파 울고 있어요

하하 하하.

너는 정말로 여자의 매력이 없구나. 그래서 우는 것이더냐.

하지만 먹지 않으면 죽는단다. 죽으면 사랑도 연애도 끝이란다.

하하 하하.

키득 키득.

여기지.

히히 히.

형,
오케이야.

오냐. 다음
차례다.

헤이
헤이.

뚜 뚜 뚜 뚜우— 이상으로 방송을
모두 마치겠습니다. 안녕히 주무
십시오. 내일을 기대하십시오.
안녕히—

하악
하악.

하아 하아,
지쳤어.

각설탕을 넣은
차가 몇 대나
돼?

21대야. 아주
잘했어.

오늘은 양키들 지프나 트럭이
여기저기서 고장이 나서 난리가
났대. 도대체 어찌 된 일일까?

모르지.

크하하하. 형, 대성공 이야.

끄아하하하, 꼴좋다. 신나는 일을 했어.

형, 군함이나 비행기랑 탱크도 설탕을 넣으면 못 쓰게 될까?

그럴 거야.

내가 전쟁에서 쓸 도구를 모조리 못 쓰게 해주겠어.

두번 다시 전쟁이 일어 나선 안 돼.

우리 깡다구를 보여주자구. 미국놈들 멋대로 하지 말라고 해.

크아하하하, 기분이 너무 좋아. 자아, 돌아가자.

하하하, 까마귀가 짖어대니 돌아가자.

휘엉청 밝은 보름달에
물 길러간 모크베에 씨,
불알 잃고 흙투성이가
되었다네~~

너 너 너구리의
불알은 바람도 안
부는데, 이리 흔
들— 저리 흔들

그걸 보던 새끼
너구리 배를
끌어안고
와앗하하하.

왓하하하,
한번 또—
왓하하하.

어험, 겐님께서
돌아왔나이다.

아앗?

157

엄마! 엄마 아냐!

겐아, 어딜 말도 없이 나갔다가 이제사 오는 거니? 걱정했잖니.

어…엄마, 어떻게 된 거야?

어떻게 된 일인지 내가 물었잖니? 걱정했단 말이다.

엄마가 어떻게 집에 있는 거야?

병원에 누워 있어야죠. 병이 도지면 어쩌려고요?

이제 괜찮아.

괜찮다니요?

병원에서 의사가 엄마 병은 이제 다 나았대. 병원에서도 괜찮다고 해서 돌아온 거야.

예엣? 진짜야? 엄마.

진짜로 엄마 병이 나았다고요?

그렇다니까.

엄마 병이 나았다—
엄마… 병이…

우와—아. 만—세— 만—세—

와—아, 엄마가 기운을 회복했다.

병이 나았다—

겐, 그렇게 법석떠니까 먼지가 일잖니.

괜찮아, 온통 먼지투성이가 돼도.

아얏.

꽈—앙

아파, 이놈아 방해하지 마.

아하하하.

에헤헤헤, 그래도 좋아. 좋아.

이제부턴 엄마가 쭉 집에 계실 거야.

엄마.

왜 그러니?

에헤헤헤, 아—무것도 아냐.

장난하는 거로구나?

엄마!

뭔데?

에헤헤헤, 아—무것도 아냐.

너 자꾸 그럴래!.

엄마.

그렇게 자꾸 부르고 싶니…?

메롱.

겐, 화낼 거야.

엄마, 너무
너무 좋아.

그래.

엄마, 너무
기뻐서
신이 나.

어깨
춤이
절로
나.

고맙
구나.
젠.

엄마, 앞으론 절대
아프면 안 돼. 알겠죠?

오냐,
오냐.

젠, 고생 많았다.
이제부터는 내가
열심히 일할게.

너희들 고생
안 시킬 거야.

잘 참아줘서
고맙구나, 젠…

그까짓
고생은 나한
테 꼼짝도
못해.

좋아요.
엄마 냄새.

엄마 냄새가
너무 좋아요.

너무
좋아요.

161

아하하하, 겐, 그만해. 간지러워. 아하하하.

엄마, 내가 얼마나 걱정했다고.

ㅎㅎ 흑.

겐, 우는 거니?

끄아하하, 너무 기쁘니까 눈물이 나.

ㅎㅎ 흑.

……

근데, 아키라 형이 안 보이는데?

아키라는 내가 퇴원한 걸 축하한다고 도미를 사러 나갔어.

도미요? 잔치상에 올리는 도미요?

내 아들들이 다 착해서 난 행복해.

다만 고오지가 걱정이구나. 탄광으로 간 후로는 소식도 없고 돌아오지도 않으니…

고오지는 어떻게 지낼까?

엄마, 고오지 형은 돈을 잔뜩 벌어서 곧 돌아올 거예요.

그러면 좋으련만…

하하하, 걱정 마세요. 엄마.

좋았어, 나도 엄마 병이 나은 걸 축하해 줄게요.

엄마, 뭐가 좋아? 말만 해봐요.

난 아무것도 필요 없어. 너희들하고 같이 사는 것 외에는…

그거야. 엄만 매일 같은 옷을 입고 있어.

멋있는 옷을 사줄게.

구두도 사야지. 엄마를 더 예쁘게 해줄게.

호호호, 겐, 기대 안 하고 기다릴게.

엄마, 허풍 떠는 거 아냐. 정말로 살 거야.

그래 그래, 기대하마…

…… ……

끄아하하, 맡겨두셔, 엄마.

자아, 우동이 다됐다.
뜨뜻할 때 후루룩 먹으렴.

이야아— 조오타— 엄마가
만들어준 우동은 진짜 오랜만이야.
엄마 우동이 별미거든.

아키라가
빨리 와야
할 텐데.

……

훌쩍.

빠-빠라
빠-빠—
빠-빠-빰

엄마, 봐요. 엄청 큰 놈이죠.
어때요? 먹음직하죠?

어머, 굉장히 큰
도미네? 비쌌겠
구나?

와우
와우—

형아, 돈이 어디 있었어?

바보 녀석아, 네가 놀러 다니는 동안 난 고철부스러기를 주워다 팔아서 돈을 모았어.

네 녀석은 노는 데에만 능력이 있는 놈이야.

놀고 있는 거 아니야. 나대로 이상이 있어서 열심히 노력하고 있다구.

무슨 소린지 알고 하는 말이야?

아얏.

자, 엄마의 퇴원을 축하할 거니까 이 도미를 구워.

그래, 좋았어.

형아, 엄마가 돌아와서 너무 기뻐.

그래.

이야— 경사야 경사.

겐, 엄마가 요리할게.

엄마, 겐한테 시켜.

엄마는 가만히 앉아서 명령만 하면 돼.

아직 무리해서 움직이면 안 돼.

나한테 맡겨봐. 내 요리솜씨가 기똥차거든.

그래, 미안하구나.

에헤야~ 경사났네~

오늘은 신나는 날이야.

도미님, 맛있는 맛을 내줘야 해요~

엄마가 맛있다~ 맛있다~ 하면서 드실 수 있게 말야. 알았지?

끄아하하, 류타가 들으면 놀라 자빠지겠는 걸.

그 녀석도 너무 기뻐서 눈물을 펑펑 쏟을 거야.

끄아하하 끄아하하.

겐, 이리 좀 와.

무슨 일 이야?

잔소리 말고 따라왓.

왜 저 러지?

대체 무슨 일이야?

......
......

어디로 가는 거야? 형!

......
......

첨 벙

에잇 에잇.

형, 왜 그래?

......
......

얼레? 형, 울고 있는 거야?

끄아하하하, 알았어, 알았어. 나도 너무 기뻐서 울었어. 형, 진짜 잘됐어.

훌쩍.

겐, 내 말 잘 들어.

형, 너무 진지한 척하지 마.

겐, 엄만… 엄만,

그래, 말해 봐.

...... ...... ......
...... ......

아니야. 그럴 리 없어.

어… 엄마가 오래 살아야 넉달이라니…

아무리 치료해도 소용없으니…

엄마가 하고 싶은 대로 자유롭게 살다가 가시게 하라고 의사 선생이 그랬다니…

무, 무슨 말을 한 거야? 빌어먹을 돌팔이 의사.

헛소리야.

겐, 결국 때가 온 거야. 마음을 단단히 먹어야 해.

부르르 부르르

겐, 이제부터는 엄마가 살아계신 동안 잘 지내시도록 해드려야 해.

좋은 추억을 만들어드리자.

엄만 병이 나은 줄로 아셔.

돌아가실 때까지 그렇게 생각하시게 해드리자.

엄마가 넉달밖에 안 남았다는 걸 알아차리지 못하게 말야. 아시면 괴로워하실 거야. 겐.

......

......

아냐, 그럴 리 없어!

형, 날 놀리는 거지?

거짓말이지?

엄마는 기력이 회복됐잖아!

일시적으로 회복된 것 같아 보이는 거야.

형, 농담은 작작해. 내가 진짜 화낸다.

이 바보야, 누가 엄마가 죽는다는 소릴 농담으로 해?!

나도 믿고 싶지 않아.

몇번씩이나 믿지 않으려고 했단 말야.

근데 의사가 확실하게 말한 거란 말야. 딱 넉달 후면 돌아가신 다고.

의사가 엄마를 버린 셈이야.

그만— 그만— 말 하지 마.

듣고 싶지 않아.

그따위 말 하기만 하면 형을 가만 두지 않겠어.

......
......

겐.

혀—엉.

엉엉 엉.

울지 마. 울 지 마. 겐…

우아앙 우아앙 우아앙

흑흑흑.

......
......

......

정말 이에요? 엄마가 넉달밖에 살 수 없다는 게 정말이에요?

유감이지만 그렇단다. 나도 최선을 다했다만.

거짓말이야, 거짓말 마. 엄마 병은 꼭 고칠 수 있다고 말해줘요. 몇번이나 말해야 알겠니?

어머니는 위암이야.

그것도 다른 여러 내장까지 옮아가서 수술해도 이젠 늦었어.

서, 선생님.

부탁드려요. 제발 부탁드려요.

우리 엄마를 살려주세요.

제발 제발 부탁드려요. 제발이요.

…… ……

애야, 네 마음은 안다만.

오늘날의 의학으로선 어쩔 수가 없어.

안됐다만 단념해라.

바보, 선생님은 바보야

깜짝이야.

야, 이 돌팔이의사야, 엄마를 치료하지도 못하는 너나 죽어.

바보, 바보, 바보—

휴, 혼났네.

우아— 앙 우아— 앙.

……
……

엄마 엄마 엄마 엄마 엄마 엄마 엄마 엄마 엄마 엄마 엄마 엄마

안 돼, 아무래도 우는 얼굴이 돼버렸어.

웃어야지. 울었다간 엄마한테 들킬라.

…… 오오, 저기 앉아 있는 사람, 형 아냐? 뭘 하고 있지?

오랜만에 목욕탕 갔더니 너무 시원해.

……

왜 얼굴이 그래?

나… 웃는 연습하는 거야.

헤에, 웃기는 짓을 하고 있네. 그것도 돈벌이가 된대?

류타야… 우리 엄마가… 엄마가.

아줌마가 왜?

…… …… …… ……

아줌마가 넉달밖에…

아줌마가 아줌마가.

엄마가 이 일을 눈치채지 못하게.

항상 웃으려는 거야…

너무 무리야. 힘들어. 죽을 걸 알면서 웃는 게…

난 못 하겠어. 안 돼…

흑흑흑, 난 못해. 못해.

…… ……

엉엉엉, 어째서 우리는 맨날 슬프고 힘들게 살아야 하는 거야!

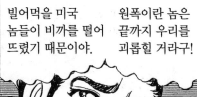

빌어먹을 미국 놈들이 비까를 떨어뜨렸기 때문이야.

원폭이란 놈은 끝까지 우리를 괴롭힐 거라구!

빌어먹을. 빌어먹을.

형, 기운 내…

그렇게 쉽게 말하지 마. 기운을 낼 수가 없잖아.

흑흑흑, 앞이 캄캄하다구. 모든 게 캄캄해.

형은 좋겠다. 난 부러워.

그게 무슨 소리야?

엄마가 계시니까 슬퍼할 수라도 있잖아.

우리는 그럴 수도 없는데…

……
……

나도 형처럼 엄마 일로 슬퍼해 봤으면 좋겠어.

나도 그래.

나도.

형, 훌쩍거리지 마. 아줌마에게 즐거운 추억을 많이 만들어주자.

내가 앞장설게. 아줌마한테 신세를 많이 졌으니까…

……
……

류타, 미안해. 네 말이 옳아.

내가 지금 훌쩍거릴 때가 아니야.

그렇구 말구.

형, 정신차려. 알았지?

응.

정신 바싹 차릴게.

난 확실하게 할 거야.

류타야, 너도 좋은 말 할 줄 아는구나.

바보 형아, 난 언제나 좋은 말만 해.

이히 히히.

하하 하.

형, 웃어. 웃으면서 괴로운 마음을 날려보내.

나도 웃을게.

응.

와 하 하 하

와 하 하 하

아 하 하 하

아 하 하 하

왕아 왕아 앙앙

우아ー앙〜 우아ー앙〜 아줌마〜 아줌마〜

179

웃는 것도
힘드네.

엄마, 뭐
하는 거야?
이건?

보면 알잖아.
일거리를 얻어
왔단다.

여태껏 놀았으니까
부지런히 일해야지.

하지 마.
엄마.

어째서 일할 생각만 하는 거야? 엄마는… 엄마는…

무슨 소릴 하는 거니? 내가 일해야 너희들이 맘 편히 학교 갈 수 있잖아.

자아, 난 너랑 말씨름 할 여유가 없단다.

형, 왜 일하시게 해?

바보야, 엄마가 하고 싶은 대로 하시는 게 중요해. 놔두자.

일을 하시다보면 아픈 것도 잊고 오히려 좋을지 몰라.

……
……

오랜만이구나. 나막신에 칠을 하는 게…

난 이 일을 참 좋아하거든.

왜요?

비까로 돌아가신 너희 아빠하고 같이 일하는 기분이 들거든.

......
......

에헤헤헤, 엄마는 아빠를 무척 좋아했으니까요. 쪽— 쪽—

어이구, 이 녀석... 엄마를 놀리긴.

야호— 엄마 얼굴이 빨개졌네.

호호호.

에헤헤헤, 엄마는 아빠랑 연애 결혼 했어요?

아냐, 선보고 결혼 했어.

후후
후.

엄마, 뭐가
그리 우스워요?

호호호,
우습구
나.

아빠하고 선 보았을
때를 생각하니까
재밌어서.

뭐가
요?

엄마 집에서 선보기로 했단다.
엄만 어떤 사람이 오는지
걱정이 돼서 안절부절못하고
기다렸지.

엄마 시대에는 사진도
보지 않고 부모가 정해준
사람하고 결혼해야
했거든…

난 살며시 상대를
엿보았어.

내가 얼마나 놀랐는지. 상대가 맨들 맨들 대머리지 않겠니.

이런 사람하고 결혼이라니 큰일났다 싶었어…

난 엉엉 울면서 선도 안 보고 결혼도 안 하겠다고 그랬어.

이제 와서 갑자기 안 한다고 하면 상대방한테 실례가 되는 일이라고 혼났지만…

저런 사람과 결혼하느니 차라리 죽어버리겠다면서 깡통을 던졌는데,

아얏.

이거 늦어서 참으로 죄송합니다. 일이 늦게 끝나서…

약속시간을 어겼으니 깡통 세례를 받는 건 당연합니다.

저 사람이 아니었어.

대머리 남자는 중매쟁이였어.

그 일이 알려져서 엄만 얼마나 부끄러웠는지.

끄아하하하.

끄아하하하, 엄만 덜렁이구나.

호호호 그래.

그 당시 아빠는 교또에서 일본화와 칠공예를 배우고 있었는데, 마침 히로시마로 돌아왔던 거야.

늠름하고 미남이었어.

끄아하하하, 꼭 나처럼이지? 엄마.

바―보, 잘난 체하지 마.

아빠하고 결혼해서 교또로 여행 갔을 때는 정말 즐거웠어.

난 히로시마에서 한걸음도 나가본 적이 없었거든. 보는 것마다 모두 신기했지…

한번 더 교또에 가고 싶구나…

……
……

엄마, 가자. 교또에 가자. 내가 모시고 갈게.

호호호, 그러자. 언젠가 가보 자꾸나.

그때부터 아빠한테 중요한 걸 많이 배웠단다.

무서운 것도…

그게 뭔데?

……
……

엄마, 뭔데? 중요한 걸 배웠다면서 무서운 거라니, 그게 뭐야…?

...... ......
엄마, 어떤 거야?
무서운 것도 중요하다는
것을 아빠한테
배웠다는 게?

그건…
전쟁을 반대한다는 게
얼마나 무섭고도
중요한 일인가
하는 거란다.

알아요. 아빠가 경찰에
붙들려 갔다가 얼마나
맞았는지…

게다가 비국민이란 말을 들으면
서 나도 엄마도 마을 사람들한테
왕따를 당했잖아요…

그런 단순한 것이 아냐.
천황을 중심으로 군인
들이 정치권력을 장악
하고…

천황과 일본을 위해서라며
국민에게 전쟁을 하도록 강요
했어. 이런 군국주의 세상
에서 전쟁을 반대하는 건…

187

아빠 친구 중에 수기따란 분은 그런 위험한 일본을 바꾸자고

연극을 통해서 많은 사람들에게 알리고 전쟁 반대를 호소했어.

특고경찰*은 수기따 씨를 체포하기 위해 혈안이 되어서 쫓아다녔지.

수기따 씨는 요리조리 도망치면서 자신의 의지대로 활동했어…

어째서 경찰은 수기따 씨를 붙잡으려 한 거야?

그건 말야, 치안유지법이란 무서운 법률을 만들어서 전쟁을 반대하는 사람이나 정치에 불만을 품은 사람들을 검거투옥하고 있었으니까.

전쟁을 반대하거나 불만을 말하는 사람이 늘어나면

전쟁을 계속할 수가 없을 테니까.

정부나 군인들이 곤란해진다 이거지.

그래, 전쟁으로 무기를 만들어서 돈을 버는 악당들도 있거든.

*정치,사상, 언론을 단속하기 위하여 설치된 특수경찰.

그러다 결국 수기따 씨는…

붙잡혔어요?

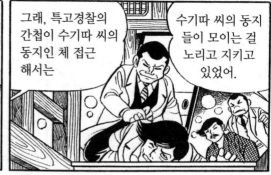

그래, 특고경찰의 간첩이 수기따 씨의 동지인 체 접근해서는

수기따 씨의 동지들이 모이는 걸 노리고 지키고 있었어.

여자분도 있었어…

생각을 바꾸라면서 옷을 홀랑 벗기고 모진 고문을 했단다.

수기따 씨는 자신이 옳다는 의지를 끝끝내 굽히지 않다가 갖은 고문을 당했어.

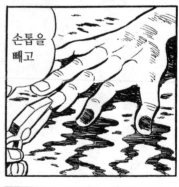

손톱을 빼고

다다미 바늘*로 찔리고

*일본 다다미를 집을 때 쓰는 아주 굵은 바늘.

189

물을 귀나
코에다
부어대고

특고과

기절하면 물을
퍼부어 깨어나게 해.
매일 매일.

몸체가 통통 부어도
계속 몰매를 맞다가

끝내 수기따
씨는 그자들
의 손에 죽
고 말았어.

시체는 심장마비란
사인으로
돌아왔어.

그런 분들이 일본 내에
많이 계셨다는 걸
잊으면 안 돼.

여자분들은 아직도 구치소
에 갇혀 있어. 설혹 생각을
바꿔 출옥을 해도

언제 어디서나 감시꾼들이
따라다녀 결혼도
못하게 방해했어.

그렇게 지독한 짓을 하다니, 특고경찰 놈들.

그래, 모든 자유를 앗아가 버렸어.

아빠 귀한 사람이 죽었다고 슬퍼 하시면서

피었다 피었다

앞으로는 전쟁을 반 대하는 일이 옳다는 것을 알 때가 꼭 올 거라면서…

그대로 됐어. 일본이 온통 잿더미가 되어 먹을 것도 입을 것도 없고

몇백만이나 되는 일본인들이 죽었어. 아빠랑 애들도 원폭으로 살해 당했구.

두 번 다시 그런 암흑 시대로 돌아 가선 안 돼…

경찰이나 헌병들을 동원 해서 자유롭게 말하거나, 영화나 연극, 책 보는 것까지 못하게 하는 그런 법률을 만들게 해선 안 돼…

겐, 아키라… 이제부터의 미래는 너희에게 달려 있어. 전쟁을 즐기는 그런 세상을 만들어선 안 된다.

알아요. 엄마.

난 너희가 걱정 이구나. 또다시 전쟁에 말려드는 것은 아닌지…

또다시 전쟁을 하자는 몹쓸 흐름이 생겨나면 그땐 모든 게 끝장이야.

차츰차츰 치안유지법 같은 법률을 만들어 사람들을 꼼짝 못하게 할 거야.

그러면 인간이 전쟁도구로 이용될 수밖에…

언제나 전쟁 미치광이들의 움직임을 미리 파악해서

여럿이 힘을 모아 큰소리로 반대 해야 해.

나라를 위한답시고 전쟁을 일으켜서는 돈벌이하는 놈들이 아직도 있으니까 말야.

엄마, 난 절대로 전쟁 못하게 반대 할 거야.

아무리 유명한 사람이 그럴 듯한 말을 해도 난 넘어가지 않을 거야.

우리가 똑똑히 보았잖아. 비까로 벌레처럼 죽어간 전쟁의 참상을 말야. 모든 게 사라졌잖아…

근데 전쟁이 옳지 않다는 건 알지만, 그걸 반대하면서 평화를 지켜나가는 건 너무나 힘들어.

그래, 그게 바로 중요하고도 무서운 일이란다. 사람들이 과거의 어려웠던 일들을 너무 쉽게 잊어버리니까 말야.

이런, 시간이 늦었구나. 이제 자자.

응.

내일부터 더 열심히 일해야지.

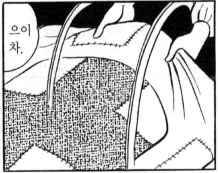

으이 차.

겐, 빨리 자렴.

……
……

엄마, 같이 자도 돼?

왜 그 러니?

아무것도 아냐, 그냥 같이 자고 싶어서.

겐, 어리광 부리지 마.

형 말이 옳아. 빨리 철이 들어야 할 텐데…

언젠가는 엄마도 죽을 거고 형들과도 헤어져서 너 혼자 살아가야 하잖니.

알아 요.

알지만 그래도 오늘은 엄마랑 같이 자고 싶어.

호호호, 욘석은 어린애 티를 못 벗어 나서 큰일이야. 그래, 이리 와라.

진짜야? 엄마?

히히 히히.

바보-

빨리 자자.

응.

엄만 따뜻해…
엄마 냄새도
너무 좋아…

지금 온몸으로
기억해둘 거야.

넉달 후에는 이 냄새도
포근함도 두 번 다시
맛보지 못할 거야.

넉달 후면
엄마가 죽는
다잖아.

……
……

내일부터
열심히 일할
거야.

돈을 많이 벌어서 엄마가
가고 싶어하는 교또에
데려갈 거야.

즐거운 기억을
많이 많이 만들어
줄 거야.

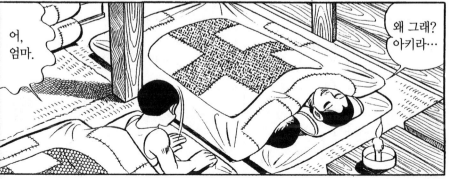

어,
엄마.

왜 그래?
아키라…

나도 같이 자면 안 되나요?

오늘은 둘 다 어떻게 된 일이야?

이상 하네?

괜찮 죠?

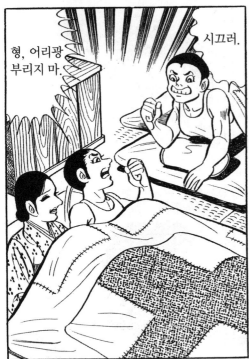

형, 어리광 부리지 마.

시끄러.

메롱— 어리광 쟁이

시끄러. 시끄럽다 니까.

나도 당했으니 까 당연히 돌려 준 거야.

야, 임마.

그만해. 왜 싸우고 그러니?

아키라, 엄마 하고 같이 자고 싶으면 이리 와.

네.

아키라 형도
나랑 똑같은
마음인 거야.

형, 너무
슬퍼.

빨리
자거라.

......
......

이잇― 바보,
비좁게 끼여
들고 있어.

......
......

겐과 아키라는 사랑하는 사람과
헤어져야 할 슬픔에 밤깊도록 잠을
이루지 못하고, 계절이 바뀌는 걸
전하는 바람소리에 잠자코 귀기울이고
있었다.

휘이 이 이 이 잉
휘 이이 이 이 잉

엄마, 다녀올게요.

오냐. 공부 열심히 하거라.

지금 내가 학교 갈 때가 아냐.

돈을 벌어야 해.

제길, 어떡하면 벌 수 있을까.

이제 여기 불에 탄 이곳에도 구리나 고철이 사라졌어. 경쟁하다시피 주워갔으니까.

어딜 가야 돈을 벌까?

구두닦기… 아냐 그것도 벌이가 시원치 않아.

도모코 병원비를 마련하려고 했던 불경 읊어주기를 할까?

이것도 아냐. 요새는 초상이 많지 않아.

기왕이면 배를 타고 가서 훔쳐올까?

아니면 양키 기지에 들어가서 식량을 훔쳐다 팔까?

나도 여러 가지 일을 해봤네…

박씨 아저씨한테 부탁해볼까?

아냐. 안 돼.

남한테 도움 받는 건 안 돼. 자기 힘으로 살아가야지. 모두가 열심히 살고 있는데.

답답하네. 어떡한다? 어떻게 해볼까?

중얼 중얼.

엇?

199

얼마 후면 엄마의 뼈도 여기에…

……
……

아빠, 누나, 신지야… 도모코야.

나에게 힘을 줘. 도와줘.

난 아직은 엄마를 여기에 묻을 수 없어.

언제까지라도, 언제까지라도 살아 있게 도와줘.

아빠, 엄말 오지 말라고 말려줘.

기적을 일으켜서 엄마 병을 낫게 해줘.

부탁이야. 제발 부탁해.

엉엉엉, 아빠아, 누나, 신지, 도모코, 제발 도와줘.

젠장,
거기 섯.

하악 하악,
미안해,
미안해.

내가
잘못했어.
용서해줘.

시끄러.
네놈이 항상
훔쳐갔잖아!

이놈아, 두 번
다신 도둑질
못하게 해주마.

아이고, 그렇게
화만 내지 말고
딱 한번만 봐줘.

난 필요 없는 건 줄 알았지.

더군다나 얻은 답례도 했잖아.

우리에겐 그것도 귀중한 건데 훔치다니, 용서할 수 없어.

그래.

입닥쳐. 파 한 단이 무슨 답례야. 바보 같은 말 마.

미안해. 앞으론 안 그럴게.

시끄럿.

아악.

이런 나쁜 놈.

손발 못 쓰게 맛을 보여줘.

으으 으.

아저씨, 이렇게 나이 드신 분을 못살게 굴다니 부끄럽지도 않아요?

뭐야? 꼬맹이 잖아?

네가 참견할 일이 아니야. 썩 꺼져.

난 못 본 체 할 수 없어요. 노인네를 여러 명이 구박 하다니.

부끄러운 줄 알라구 요! 부끄러 운 줄.

이 놈아, 건방지게 나서지 맛!

팍

아이쿠.

꽝

다

이~놈아, 왜 때려!

제에길~ 가만 안 둬!

터덕

날 깔보지 마.

끄악.

요시다

에잇.

꺄~~악.

아이구, 불알이야.

끄악끄악끄악

할아버지, 빨리요.

ㅇㅇㅇ, 다, 다리를. 접질려서.

어쩔 수 없어.

나까자

거기 서어~~~ 빌어먹을 새끼…

바보야— 서란다고 서는 멍청이가 어디 있냐? 약 오르지롱—

하악 하악.

애야. 고맙다. 도와줘서.

너무 너무 고마워.

할아버지 대체 뭘 훔치다 쫓겼어요?

똥이야.

똥?

대변 말이에요?

그럼, 무슨 놈의 세상이 똥을 퍼냈다고 때릴까?

끄아하하, 웃기네요.

내가 일주일에 두 번씩 히로시마까지 나와서 똥을 모으고 있거든.

똥을 어디에 쓰는데요?

비료로 쓰는 거야.

나는 농사꾼이야. 농사 지을 때 똥이 많이 필요하거든.

늘 주인한테 허락 받고 똥을 얻었어. 그 답례로 농작물을 나눠주고.

근데 오늘따라 허락 없이 퍼내다가…

그럼 똥을 가져갔다고 그 난리친 거예요?

어이구, 똥 구두쇠네. 똥통에 빠질 바보들.

아냐, 화를 내는 것도 무리는 아니야. 요즘 같이 식량난이 심한 시대에는…

모두들 타다 남은 코딱지만한 땅이라도 있으면 고구마나 야채를 심어서 근근히 살아가고 있으니…

똥도 비료로 쓰는 우리에겐 귀중한 재산인 거야.

내가 많은 똥 통을 들여다 보니까…

지금 일본사람들이 얼마나 지독하게 못 먹고사는지 알겠어.

온통 녹색의 똥뿐이야.

녹색이요? 무슨 말이죠?

쌀이랑 고기랑 생선은 못 먹고 나물만 먹고 있단 말이야.

나물은 녹색이잖아.

아하— 그렇군요.

젠장, 가끔이라도 소고기나 회를 실컷 먹었으면.

거기까진 미처 모르고 있었네요…

내 똥도 그럼 아마 녹색이겠네요. 허구한날 풀만 먹으니까요.

아아, 패전국의 백성은 슬프도다~~

망할 놈의 전쟁을 해서 나물밖에 못 먹는 비참한 나라로 만들어버렸어.

근데 야단났구나. 다리를 접질려서 똥을 모으지 못하게 됐으니…

똥을 가져가야 우리 밭의 농작물들이 자랄 텐데…

여태껏 똥을 무시했는데 대단한 거네요.

할아버지, 제게 맡겨주세요. 똥을 모아올게요.

네가?

역이나 학교 변소에 가서 모으면 간단하죠.

안 돼, 그런 곳엔 모두 텃세가 있단다.

예에? 똥을 푸는 데도 깡패들의 텃세 같은 게 있나요?

당연하지.

거참, 놀랍네요. 이건 똥전쟁이네요. 세상이 이 지경이라니!

하지만. 걱정 말고 나한테 맡기세요.

정말로 해주는 거야?

맡겨만 달라니까요.

너무 미안하구나. 그럼 한 통에 이백원씩 그 똥을 내가 사는 걸로 하마.

예엣? 할아버지, 정말이죠? 거짓말 아니죠?

그럼.

끄아하하하, 똥이 한 통에 이백원이닷!

얏호— 돈벌이가 생겼다— 힘내서 일하자—!

하나, 둘, 셋, …여섯.

여기에 전부 똥을 가득 담기만 하면

천이백원 벌잖아.

하하하하, 너무너무 좋아.

이 녀석, 갑자기 태도가 확 바뀌네.

당연하죠.

내가 얼마나 일거리를 찾아 다녔는데요.

할아버지께서는 낮잠이나 주무시고 계세요. 얼른 다녀 올게요.

덜컹 덜컹

꼬마야, 부탁한다…

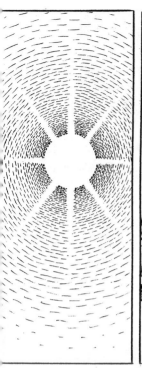

자아~~~ 똥 푸러 왔습니다. 똥을 주십시~~오~

바—보.

킥킥.

자아~~~ 똥 푸러 왔습니다~~~

똥을 주십시오.

형.

야, 류타.

형, 그게 무슨 꼴이야. 돈 거 아냐?

돌긴 누가 돌아? 난 멀쩡해!

크아하하, 형은 참 괴짜야.

웃지 마.

근데 왜 이러는 거야? 똥으로 뭘 하려구?

히히히, 똥이 많아야~ 집안이 편안 하거든~

실은 말야.

흐—음. 그랬구나. 똥이라고 함부로 생각하면 안 되네.

그럼.

자아, 방해하지마. 난 엄마를 교또에 보내려면 여행비를 많이 벌어야 해.

좋았어, 형, 나도 도와줄게.

임마, 노는 걸로 착각 하지 마. 똥 푸는 것도 목숨 걸어야 돼.

형, 잠깐, 무작정 접근하면 안 돼.

왜?

에헤헤헤, 도둑질이라면 내가 천재지.

저기 집이 있네~

야— 누구야? 돌던진 놈이?

저 집은 안 돼.

아하! 과연~~ 사람 없는 집을 찾아야 성공한다 이거구나.

이야— 꽉 찼네.

출렁 출렁

우∼ 냄새∼ 못 견디겠어. 형, 그만하자.

바보같은 소리 마. 난 살아남기 위해서라면 똥투성이가 돼도 할 거야.

냄새 나는 게 그리 대수냐?

류타야, 뭐 해?

자아, 형, 빨리 하자. 집주인이 돌아오면 잡히겠어.

하아 하아, 임마, 재촉 하지 마.

에헤헤, 이것 봐.

코막이 했 구나.

몽땅
퍼냈다.

형, 다른 집
으로 가자.

그래.

영영
차차

크아하하,
형, 폼 좋은
데~

하악하악, 임마,
입방아 작작해.

크아
하하.

엄마,
힘내요.

엄마가 그래도 몸을 움직일
수 있을 때 교또로 모시고
갈게요.

내가
약속해
요~

여러분, 오랫동안 기다리셨습니다~

예예, 아주 신선한 똥을 가져왔습니다.

하하하, 신선한 똥이라니 그런 말도 있냐?

덜컹 덜컹

헥헥,

수고했다. 자, 오늘치 대금이야.

네 덕분에 내가 도움을 많이 받는구나.

끄아하하, 그런 인사는 제가 해야죠.

아저씨 소개로 여기 두 분도 똥을 주문하셔서 많이 벌었으니까요.

예예, 똥이 많아야 집안이 편안해지거든요.

다들 고맙게 여기고 있단다. 비료걱정이 해결되어서…

히히히, 세상일이란 상부상조 해야죠.

217

넌 진짜 똥을 잘 모아오는 구나.

에헤헤, 저한테는 머리는 좀 모자라도 도둑질에 대해선 천재인 짝꿍이 하나 있어요.

뭐엇!

히히히, 한 쪽으로 듣고 한쪽으로 흘려.

으아— 기분 나빠진 다.

내일 또 오마.

또 오세 요~~~

덜컹 덜컹

형, 벌써 한달 가까이 똥을 펐는데 얼마나 벌었어?

잠깐만 기다려봐. 지금 세어볼 게.

짠짠 짜—안. 지금부터 계 산할까요~

네네, 기다렸 습니다.

한 장

네네, 한 장~

두 장~~

네네, 두 장~

석 장, 넉 장, 다섯 장, 여섯 장.

네네.

218

삼백 삼백일 삼백이 삼백삼

삼백 십

류타야, 삼만 천원이야.

크아하하하, 형, 부자가 됐어. 똥이 라고 무시하면 안 되겠네~

똥도 쌓이면 돈이 되는 도다~~ 이거야말로 똥통에서 건진 돈이로세~~

형, 삼만천원이나 있으면 교또 여행 갈 수 있지 않을까?

지금 기차 3등칸이 도쿄에서 오사까 지가 육백사십원.

히로시마에서 교또까지 비슷 한 거리니까

나하고 아끼라 형하고 엄마하고 셋이면, 왕복차비가 삼천팔백 사십원.

그 다음에 숙박비가 얼마나 될까?

류타야, 왜 화를 내고 있니?

시끄러! 난 어떡 하라고?

끄아하하, 그—으래. 너도 같이 가고 싶구나?

당연 하지.

제길, 나를 빼놓다니… 치사해~~

끄아하하하, 미안. 삐치지 마. 류타야.

형, 난 아줌마를 진짜 엄마라고 여기는데 말야.

아줌마하고 마지막이 될지도 모르는 여행인데 가고 싶지 않겠어! 바보—

……
……

미…미안해, 류타야. 꼭 같이 데려갈게. 너 진짜 고맙다.

칫, 날 따돌리지 마.

가자. 내일 교또로 가는 거야.

진짜 야? 형?

떠날 채비를 하자.

좋아, 좋아. 여행이야. 여행.

너 너 너구리의 불알은 바람도 없는 데 이리 흔들~ 저리 흔들~

앗?

우와아~~ 엄마, 예쁘다. 어떻게 된 거야.

호호 호.

겐아, 가추코하 고 나추에한테 고맙다고 해라.

가추코하고 나추에 누나 가 만들어 줬어?

엄만 진짜 행복한 사람이야. 다들 이렇게 돌봐주니. 너무 기뻐.

맘에 들어하 시니 저희도 기뻐요.

암시장에서 천을 사다가 둘이서 만들 었어요.

고… 고마워.

저런 멋있는 옷을 만들 수 있으니 이제 양장점을 내도 되겠어! 대단해.

둘이서 정말 열심히 연습했구나.

호호호, 너무 비행기 태우지 마.

그럼 우린 갈게.

가추코, 나추에 누나, 고마워. 너무 고마워.

흑흑흑, 너무 고마워. 모두의 마음을 언제까지나 잊지 않을 거야.

겐, 안녕.

겐, 엄마를 잘 모셔.

겐, 괴롭겠지만 잘해드려.

응.

222

거기 있는 건 고오지 형 아냐?

…… ……

와—아, 맞구나! 고오지 형이구나.

뭐 하는 거야? 이런 데서.

…… ……

고오지 형, 엄마가 큰일이야.

언제 히로시마로 돌아왔어?

오늘.

알아. 다 알아. 아키라가 편지를 보내줘서…

겐, 미안해. 날 용서해 줘…

무, 무슨 소리야?

난 큐슈 탄광으로 가서 돈 벌어 보내겠다고 집을 나섰지만,

오늘날까지 아무것도 못했어…

아키라가 엄마가 넉달 밖에 못 산다고 연락 했을 땐 놀랐어.

내 처지만 한탄 하면서 밤마다 술로 지새고

외상사절

살아계시는 동안에 빨리 돌아 오려고 했지만

여비를 장만하는 데 한달이나 걸렸어.

내가 너희들에게 고생만 시키고… 볼 면목이 없구 나…

괴로워서 집안에 들어가지도 못 하고…

형, 이러고 있을 때가 아냐. 당당 하게 들어가.

형, 때맞춰서 잘 왔어.

내일 엄마를 모시고 교또로 갈 예정이거든.

형도 같이 가자. 마지막으로 효도 하는 거야.

응.

근데 지금 내겐 돈이 조금밖에…

형, 됐어. 더 말 안 해도 돼.

이 돈을 줄게. 내가 똥을 퍼서 번 돈이야.

이 돈으로 형이 우릴 교또로 데려가는 걸로 하면 돼.

그렇게 하면 형이 기죽지 않아도 되잖아. 그치? 형.

게… 겐…

형, 돈은 일하기만 하면 얼마든지 벌 수 있잖아. 힘내.

실패한 것 같으면 다시 시작하면 되잖아. 걱정하지 마.

미안하다…겐…

난 형이 돌아온 것만도 너무 기뻐.

자아, 당당하게 들어가자.

엄마가 형을 얼마나 걱정했다구. 얼른 건강한 얼굴을 보여주고 엄마를 기쁘게 해드려야지.

겐, 넌 정말 생각이 깊은 놈이야.

끄아하하, 형제끼린데 뭘. 싱거운 소리 하지 마.

앞으로 난 히로시마 대지를 힘차게 딛고 나아갈게.

그러면 됐어. 형.

와—우— 기뻐해 주세요. 고오지 형이 돌아왔습니다

우리를 교토 여행에 데려가 준대. 이야— 신난다—

겐, 정말로 고오지가 돌아왔니?

정말이야.

……

……

고오지! 고오지 형!

돌아왔구나, 고오지! 돌아왔어요. 엄마.

형, 우리가 형 소식을 얼마나 기다렸다고. 얼마나 걱정했는데…

미안하구나, 아키라, 미안해… 고생 많았지?

얏호— 여행준비를 빨리 하자. 바쁘다. 바빠.

아키라 형, 뭘 꾸물대. 내일 교또 가야지.

진짜야? 고오지 형.

그, 그래.

하하하, 우리 형은 너무 좋은 형이야.

맞아, 최고야.

겐, 잘됐다. 엄마가 가고 싶어하시던 교또로 모시고 가게 돼서.

얼씨구 조오타. 류타도 같이 간대…

그 애도 가?

응. 같이 가고 싶어 해.

엄마, 마침 잘됐네요. 멋진 옷도 받고.

그러게 말이다.

고오지, 엄만 너무 기쁘구나. 고맙다.

네에.

온 가족이 다같이 여행 갈 수 있다니 엄만 꿈을 꾸는 것만 같구나.

오늘은 너무나도 기쁜 날이야. 언제까지나 좋은 날만 계속되면 좋겠구나…

정말로 그럴 수 있으면 얼마나 좋겠어요… 엄마.

저 왔습니다 안녕하세요

류타야, 웬 짐이 그렇게 크니?

이히히.

대체 뭐가 들어 있는 거야?

헤헤헤.

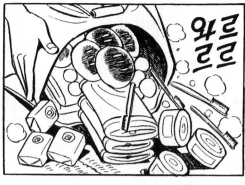

왈르르

그러니까— 칫솔 다섯 자루에 비누 세 개,

수건 열 장, 팥빵이 스무 개,

초콜릿이 여덟 개이고, 엿이 다섯 봉투, 떡이 스무 개.

이게 다 어디서 난 거야?

암시장을 한 바퀴 빙 도니까 이렇게 많아졌어.

너 어 훔쳐 온 게로구나?

헤헤헤, 남의 것은 내 것, 내 것은 내 것.

형아, 여행 채비는 다 됐으니까 이제 안심해.

어이없는 놈이네. 베개까지 훔쳤잖아.

크아하하, 여행을 오래 하려면 푹 자야 되거든.

빈틈 없는 녀석 이야.

크아하하, 기대가 된다아—

기차가 칙칙 폭폭—

류타야, 도둑질하면 안 돼.

크아하하하, 아줌마, 알아요. 문제는 안 일으킬 거니까 딱 한번만 봐주세요.

류탄 못 말릴 애야.

이히히히.

그럼 나는 내일을 위해서 먼저 잡니다.

여러분도 빨리 자는 게 좋아요.

어이없네.

사고뭉치를 데려가려니 앞이 훤하네.

하 하 하 하 하

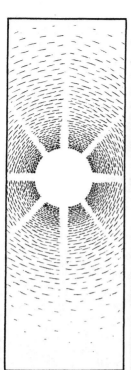

캬하하하,
자아, 달려
라, 달려.

꾸물대면 바퀴를
빼서 못 달리게
한다—아—

……
……
……

빌어먹을, 이 여행이
엄마에겐 죽음의
여행이 될지도
모른다니.

나는 절대
원폭을 용서할
수 없어…

여러분, 기요미주사*에 잘 오셨습니다.

여기가 바로 기요미주사입니다.

예예, 기요미주사입니다— 기요미주사—

내리실 분은 빨리 뛰어내리세요.

바보야, 뛰어내리면 죽잖아.

크아하하, 그래 그래.

근데 정말 그럴 듯한 말이야. '기요미주의 무대에서 뛰어내릴 용기로' 라는 말은… 죽을 각오로 결심한다는 뜻이잖아…

정말로 여기서 떨어지면 죽을 수밖에 없겠어.

*淸水寺 수사10세기 중엽에 백제 도래인의 후손인 사까노우에 다무라마로가 조상의 신주를 모시기 위하여 지은 절.

무대가 엄청 넓은데 여기서 춤을 췄나?

야구하고 있었던 거 아냐?

바보야, 헤이안 시대*에 무슨 야구가 있냐?

여긴 춤추는 무대가 아냐.

진짜로 시체를 골짜기로 내던지던 곳이란다.

예엣? 진짜야? 엄마?

헤이안 시대 말에 아귀초지란 그림에는 중환자나 시체가 길거리에 버려져 흘러넘치는 모습이 그려져 있어.

가난한 사람들은 부자한테서 돈을 얻어다가 그 시체들을 처리하며 살고 있었어.

흐—음, 몰랐네. 기요미주사의 무대가 시체를 버리는 곳이었다니…

그래서 기요미주의 무대에서 뛰어내리는 걸 죽을 각오라고 했구나.

*일본역사 시대구분의 하나로서 헤이안꾜오(오늘날의 교또) 천도로부터 정권의 중심이 가마꾸라(오늘날의 가나가와 현 남동부)로 옮겨지기 전까지의 약 400년간의 시대.

엄마는 잘 아시 네요.

돌아가신 너희 아빠가 가르쳐줬어.

그립구나. 20년 전에 신혼여행 왔을 때 아빠하고 여기 이렇게 서 있었는데…

이제 여한은 없어. 마음껏 교또를 구경했으니…

이제 엄만 아빠하고 같이 살 수 있게 됐어.

어…엄마, 그게 무슨 말씀이세요?

엄마, 안색이 안 좋으세요. 괜찮아요?

응.

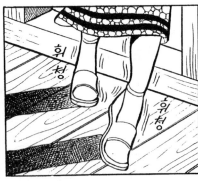

휘 청

휘청

하아 하아.

고오지 형, 엄마가 아프신 것 같아. 빨리 병원으로 가자.

그래.

비켜, 비켜요.

미안합니다만 비켜주세요——

하악 하악.

엄마, 정신차려요. 제발 정신차려요.

하아 하아.

앗! 엄마.

아줌마.

어,
엄마.

으으
으...

엄마―
아.

엄마.

형, 빨리.
병원. 병원.

으으으, 이제
됐어. 그만해.
소용없어.

엄마, 그게
무슨 말이야.

하악
하악.

고오지…
아키라… 겐…
류타…

고, 고맙다. 정말로
고마워. 잘해줘서. 엄만
너무 기뻤단다.

하악 하악, 엄만 알고 있었어. 각오하고 있었단다.

병원을 퇴원할 때부터 오래 못 살거라는 걸…

그, 그래. 점점 고통이 심해지는데

병이 다 나았다고 퇴원하라는 걸 보고 눈치챘단다…

내가 아픈 얼굴을 하면 너희들이 걱정하고 마음 아파할까 봐

마지막은 즐겁게 웃으면서 죽고 싶었단다.

어, 엄마, 참았던 거야?

바보야, 엄만 진짜 바보야. 왜 참고만 있었어…

하악 하악.

아냐, 엄만 엄마답게 열심히 살고 싶었던 거야…

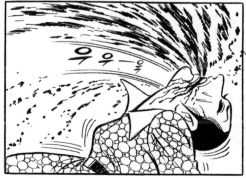

우우우

엄마!

아줌마!

엄만 바보야— 힘내—
살아야 해. 눈뜨란
말야. 엄만 살아야 해—

하아
하악.

애들아, 씩씩하게 살아야
해. 약해지면 안 돼.
알겠지… 약속해줘…

어,
엄마.

엄마
엄마.

아…
안 보여.
안 보여.

너희들 얼굴이
안 보여.

고오지… 아키라…
겐… 류타… 어딨니?

엄마.

엄마.

엄마.

아줌마.

엄마, 겐은 여기 있어. 정신차려. 정신차려요.

엄마, 눈떠. 날 봐…

엄마. 엄마. 엄마.

흐으 윽.

혀 형, 왜 피를…

빌어먹을, 망할 자식들, 엄마를 마지막까지 괴롭히고 죽인 전쟁하고 비까의 피를 내 몸 안에서 원한의 피로 불태우려는 거야.

난 잊지 않을 거야. 잊지 않을 거라구.

때~앵

때~앵

때~앵

주지 병원

……
……

……
……

……
……

너희 엄마는
정신력이 강한
분이시구나.

병마가 온몸으로 퍼져
있었는데도 교또까지
여행을 오셨으니.

사망진단서를 써줄 테니까
민원사무소에서 화장
허가를 받아서 화장을
해서 돌아들 가거라.

으으으.

으아— 앙. 으아— 앙

아키라, 울지 마. 울지 마. 이렇게 될 걸 각오했잖아.

엄마, 고맙습니다. 모든 고생을 꾹 참고 우리를 잘 키워주셨어요.

고맙습니다. 고맙습니다. 고맙습니다.

전쟁으로 원폭이 떨어 지만 않았어도

고통을 당하거나 참을 것도 없이 편히 살아도 됐을 걸…

즐거운 나날을 누릴 수 있었을 텐데.

그러지 도 못하 고… 엄 마…

으아— 앙. 으아— 앙.

엄마가 돌아가셨어— 엄마가 우리 앞에서 사라지신 거야. 싫어. 싫어…

아키라, 겐이 어디로 갔지?

으으으, 몰라.

혀엉, 언제까지 거기에 있을 거야? 내려와～～

……
……

류타야, 겐이 저런 데 올라가서 뭐 하는 거니?

죽은 엄마 얼굴은 절대 보고 싶지 않대.

나도 형 마음은 알지만…

그, 그래…

어, 엄마를 화장?

겐, 내려와. 고통스런 마음은 안다만 엄마하고 마지막 작별을 해야지.

내일 화장하면 두번 다시 엄마 얼굴 볼 수 없어.

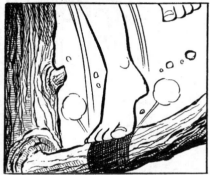

고오지 형, 난 엄마를 화장시킬 수 없어.

화장 하기만 해봐. 내가 가만 안 있을 테니.

겐, 왜 그래?

으이차
으이차.

겐, 무슨 짓이야?!
안 돼!

와창
쿵 쿵 창
쾅 쾅

이 녀석아,
뭐 하는 거야?

시끄러.
방해하지 마.

자식이
미쳤나?

영차
영차.

엄마, 괴롭고
힘들었죠?
엄마, 마음 많이
아팠죠?

엄마는 항상
참기만 했어요.

전쟁하고 비까놈들
한테 시달리기만
했어요.

난 절대
용서 못해.

조옹히

엄마,
나랑 같이
갈 데가
있어요...

겐, 어디로
간다고 그래?

조옹히

엄마, 가요.
이대로 가만히
있을 순 없어요.

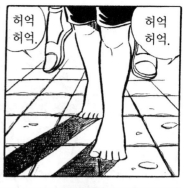
허억
허억.

허억
허억.

허억
허억.

허억
허억.

형, 아줌마 시신을 업고서
어디로 갈 작정이야?
말 좀 해줘.

도쿄
가는
거야.

도쿄?

형, 농담하지 마.
도쿄까지 얼마나
먼데.

시끄러. 난 무슨
일이 있어도
도쿄에 갈 거야.

겐, 도쿄 가서
뭘 하려구?

연합군 사령관 맥아더를 만날 거야.

매… 맥아더 사령관을?

형, 저 자식 정말로 돌았어.

겐, 정신차려. 맥아더는 일본을 지배하는 최고지도자야.

쉽게 만날 것 같아?

시끄러. 최고든 뭐든 알게 뭐야? 난 반드시 만나고 말겠어.

맥아더를 만나서 뭘 하려구?

말할 거야. 똑똑히 알게 할 거라구.

미국이 히로시마나 나가사키에 원폭을 떨어뜨린 죄가 얼마나 큰가를 말야.

248

얼마나 참혹한 지옥을 만들어냈는지, 그리고 지금도 계속되고 있다는 것을 꼭 알려야 해.

엄마한테 용서를 빌게 할 거야.

앞으로 원폭은 두 번 다시 사용하지 않겠다고 약속하게 할 거야.

이 머저리야, 맥아더는 승전국 대빵이야.

일본은 전쟁에 졌기 때문에 아무 소리 못 하는 거야.

시끄러. 전쟁에 이기기만 하면 어떤 짓도 다 할 수 있다는 거야?

웃기지 마. 허튼 소리 말라고 해.

미국이 원폭으로 몇십만이나 되는 인간을 참혹하게 죽일 권리가 어디 있어!

......
......

싸움을 한 양쪽 다 잘못한 거야. 그런데 왜 일본만 처벌받는 거야?

그렇게 무서운 원폭을 멋대로 떨어뜨리고 말야.

맥아더의 엄마나 애가 원폭을 맞고 괴로워하면서 죽어봐, 어떤 기분일지…

일본인이나 미국인이나 마찬가지야.

승전국이라 해도 미국도 책임져야 해.

겐, 소용 없어.

그렇지 않아. 해보지도 않았잖아!

미국은 원폭의 무서움을 모르니깐

엄마가 얼마나 괴로워 하다가 돌아가셨는지 꼭 알려야 해.

그리고 또 한사람이 있어. 엄마를 보여줘야 할 사람이…

또 한 사람?

누군데?

천황이야.

천황한테 엄마를 보이고 마음 깊이 사과하게 할 거야.

이 자식아, 황송하게도 천황폐하께.

뭐가 황송해?

천황도 똥도 누고 방귀도 뀌는 인간일 뿐이야.

천황은 전쟁을 하게 해서 일본 국민을 몇백만이나 죽인 최고 전쟁 책임자야.

엄마를 죽인 책임자라구.

천황은 엄마한테 무릎 꿇고 용서를 빌어야 해.

난 천황이 자기가 잘못했으니까 용서해달라고 하는 걸 들은 적이 한번도 없어.

천황 맘대로 하지 말라고 해.

전쟁 중엔 멋대로 신이 되었다가 전쟁에서 지고 나니까 멋대로 인간이 돼서 모른 척하게 할 순 없어.

천황은 몇백만의 일본인 목숨을 먹고살았어. 지금도 일본의 상징이 되어서 잘살고 있다구.

내 귀로 천황이 전쟁을 책임지겠다는 소릴 듣지 않고는 분이 풀리지 않아.

최고책임자가 확실히 결단을 내려야 해.

그러지 않으면 일본 국민들은 납득하지 못할 거야.

그리고 엄마의 죽음이 허무하게 돼버린다구!

바보 같은 짓 하지 마.

연합군 사령부 근처에서 얼쩡거리다가 총살돼도 찍소리 못한단 말야..

그만해. 난 죽어도 무슨 일이 있어도 할 거야.

형, 저 자식 진짜로 미쳤어. 말이 안 통해.

......
......

빨리 말려야 해. 저 자식은 한다면 하는 애야.

죽게 될 거야.

겐.

왜 그래?

퍼억

아얏-

빠악

쿵

형, 어떻게 한 거야?

형,
혀엉,

걱정 마. 훈련소에서 배운 유도 기술로

잠시동안 기절시킨 거야. 할 수 없이…

겐, 용서하렴. 나도 너랑 같은 마음이지만…

할 수만 있다면 내가 더할 거다.

그렇지만 한사람 힘으론 어쩌지 못하는 거야…

일본인 모두가 너하고 같은 마음이 돼서 점점 큰소리로 말해야 해.

두 번 다시 이런 역사가 되풀이되지 않도록 일본인 모두가 힘을 합쳐야 하는 거야.

전쟁과 원폭의 불씨가 보이기만 하면 일본인 모두가 힘을 합쳐 꺼야 해.

엄마를 영원히 전쟁과 원폭이 없는 묘지에서 조용히 잠들게 하는 게

엄마의 죽음을 헛되지 않게 하는 거야.

겐, 알아 줘…

히로시마로 돌아가자.

다시 처음부터 시작하는 거야. 처음부터 출발하자.

……

……

헤이, 껌 플리—즈 플리—즈.

헤이 헤이, 초콜릿 플리즈 플리즈.

너무해 너무하다구. 내 허락없이 엄마를 화장해버리다니.

고오지 형은 바보야.

투덜 투덜.

나카오카 씨, 어머님 뼈를 간수 하세요.

예.

어, 없어! 엄마 뼈가 없어!

이런 기막힌 일이 어떻게 있는 거야?

바삭 바삭

바까로 불에 탄 시체를 많이 봤지만…

뼈는, 뼈는 그대로 있었어.

근데 이 하얀 가루덩이가 엄마 뼈란 말야?!

정말 이상하네.

망할 놈의 비까놈!, 원폭 방사능이 뼈까지 앗아가 버렸어!

흐으흑, 빌어먹을. 빌어먹을. 죽일 놈의 비까!

으아ㅡ앙, 엄마ㅡ 엄마ㅡ

엉엉엉, 엉엉엉, 이놈들아, 엄마 뼈를 돌려줘, 돌려 달란 말야

엉엉엉 엉엉엉.

쳐얼———썩

쳐얼———썩

형이 히로시마로
돌아온 후론 말을
잃어버린 것 같아.

형, 어서 힘내.
나도 침울해지고 뭘 해야
할지 모르겠어.

어디에도 의지할 곳이
없어져서 의욕도 나지
않고 넋 나간 사람 마냥
누워만 있는 거야.

겐답지
않아.

겐, 넌 보리가 되거라. 찬바람에도
파란 싹을 틔우고, 밟혀도 밟혀도
꿋꿋이 자라서, 열매를 맺는 굳센
보리가 돼야 한다.

겐, 언젠가는 엄마도 죽고 형제들하고도
헤어져서 혼자 힘으로 살아야 하는데
어리광부리면 못써. 알겠지?

자아, 겐, 일어서거라.
스스로 서서 힘차게
대지를 밟고 나아
가야지.

아빠,
엄마.

꾸, 꿈이…?

아빠하고 엄마가 나한테 용기를 주셨어.

내가 열심히 살아야지.

아빠, 엄마, 알았어요.

난 살 거예요. 살아갈게요. 힘껏 나아갈게요. 결코 주저앉지 않을게요.

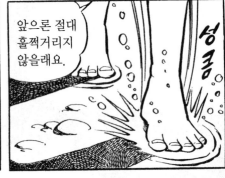

앞으론 절대 훌쩍거리지 않을래요.

성큼

성큼 성큼

류타, 주먹밥, 가추코, 누나— 가자.

와—아, 형이 입을 열었다아—

겐이 웃었어.

야호 야호

▷ 8권에 계속…